U0867127

作家榜经典名著

★★★★★★★★★★

读经典名著，认准作家榜

隐身人

THE INVISIBLE MAN

[英] 赫伯特·乔治·威尔斯 著
陈震 译

中信出版集团 | 北京

本书根据
PENGUIN BOOKS 出版社
1897 年版 *THE INVISIBLE MAN* 译出

《隐身人》1897年 初版封面

First edition cover of *The Invisible Man*

by H. G. Wells (London: Pearson, 1897)

目 录

他踉跄着走进车马旅店，半死不活地把箱子一扔，喊道：“生堆火吧。行行好！一间房和一堆火！”

布兰布尔赫斯特药店里的瓶子不及这儿的一半。真是太壮观了。

“你不明白我是谁，我是什么人，”他说，
“我展示给你看。老天爷为证！我展示给你看。”

“别动，小伙计，”一个声音低声说，“再动我就把你们的脑袋打开花！”

他环顾四周，除了那张染着血迹、一团乱的床，没有任何异常。

那件看不见头、看不见手的睡袍，
正神奇地拿着一块餐巾，擦拭看不见的嘴唇。

我明白他的恐惧了。我的脸是白色的——像白色的石头。

“把他的脸遮起来！”一个男人喊道，“看在上帝的分上，遮住那张脸！”

那个声音笑了："要不是觉得浪费子弹，我现在就一枪崩了你。"

THE
INVISIBLE
MAN

第一章
陌生人到来

二月初的一个冬日，下着这年的最后一场雪。一个陌生人顶着凛冽的暴风雪，沿着丘陵从布兰布尔赫斯特火车站走来。他戴着厚厚的手套，拎着一只黑色的小皮箱。他从头到脚裹得严严实实，软毡帽的帽檐遮住了整张脸庞，只露出闪亮的鼻尖。他的双肩和胸前积着白雪，皮箱上也覆盖了一层。他踉跄着走进车马旅店，半死不活地把箱子一扔，喊道："生堆火吧。行行好！一间房和一堆火！"他在酒吧间里跺跺脚，抖落身上的积雪，接着跟随霍尔太太到客厅里谈房钱。他没有再发一言，把两金镑朝桌上一扔，便在车马旅店住了下来。

霍尔太太生好炉火，把他撂在屋里，亲自给他做饭去了。真是交了天大的好运，大冬天的居然有客人来伊平[1]投宿，更难得的是这位客人不讨价还价。她决心露一手，让自己配得上这份好运。

霍尔太太向做事慢腾腾的帮手米莉抛了几个轻蔑的眼色，米莉的动作加快了一点。熏猪肉刚一下锅，霍尔太太就把桌布、盘子和杯子端进客厅，花哨地摆起桌来。虽然炉火烧得很旺，但她惊讶地发现这位客人衣帽未脱，背对着她凝视着窗外院里的飘雪。

他戴着手套的双手紧紧背在身后，似乎陷入了沉思。融化的雪水从他的肩头滴落到她的地毯上。

“先生，要把您的帽子和大衣拿到厨房里烘干吗？”

“不用。”他头也不回地说。

她不确定自己有没有听清，打算再问一遍。

他转过头看着她。“我更愿意穿戴在身上。”他加重语气说道。她注意到他戴着一副带侧光的蓝色护目镜，加上大衣领口上方浓密的络腮胡子，完全遮住了他的脸。

---

1 伊平（Iping），真实存在的一个村子，位于西萨塞克斯郡米德赫斯特镇西北数英里。赫伯特·乔治·威尔斯曾在米德赫斯特文法学校担任学生助教。

“那好吧，先生，”她说，“随您的便。房间一会儿就会暖和起来。”

他没有作答，又把脸转了过去。霍尔太太感觉自己问得不是时候，便匆匆摆好餐具，急忙离开房间。当她回来的时候，他仍然像个石头人一样杵在那里，背弓着，衣领竖着，湿淋淋的帽檐向下翻着，把脸和耳朵全遮没了。她重重地放下鸡蛋和熏猪肉，不是对他说而是对他喊道：“先生，午餐给您端来了。”

“谢谢你。”他马上答道，但他依然一动不动，直到她离开关上门。接着他突然转过身，走向桌子。

霍尔太太从酒吧间后面向厨房走去，听到一个声音有规律地重复响起。吱吱、吱吱、吱吱，是汤勺在盆子里快速搅拌的声响。“这姑娘！瞧！我忘得一干二净。她磨蹭多久了！”霍尔太太亲自把芥末拌好后，对米莉拖拖拉拉的劲儿狠狠数落了一番。她都做好火腿和鸡蛋了，桌子也摆好了，什么都做完了，而米莉呢，连芥末都没拌完，真会帮忙啊！他是个新房客，想在这儿住下来！她把芥末瓶装满，然后一本正经地放在一个黑金两色的茶盘上，端着走向客厅。

她叩了几下门就进去了。就在这时，她的访客迅速移动身子，所以她只瞥见一个白色的物体消失在桌子后面，像是在地上拣什么东西。她把芥末瓶放到桌上，这才注意到他的大衣和帽子已经脱掉，放在壁炉前的一张椅子上。一双湿靴子让她的壁炉挡板有生锈的危险。她坚决地走过去，用一种不容否认的声音说："现在可以把它们拿去烘干了吧。"

"把帽子留下。"访客的声音含糊不清。她转过身，见他抬起头来，坐在那儿看着她。

她顿时瞠目结舌，惊讶得说不出话来。

他用一块白布（他自己带来的一块餐巾）把嘴和下巴捂了起来，所以他刚才说话才含糊不清。但吓坏霍尔太太的不是这个，而是他的蓝色护目镜上方的前额和耳朵各被一条白色的绷带缠着，整个脸部没有一丁点露在外面，除了粉红的尖鼻子外。他的鼻子和刚来时一样粉红得发亮。他穿着一件深褐色的天鹅绒短上衣，黑色的亚麻高领遮住脖子，浓密的黑色胡须从十字形绷带的中间和下面挣脱出来，像古怪的尾巴和犄角，你根本没法想象那副模样有多怪异。这个缠着绷带的脑袋完全出乎他的意料，一时间吓得她呆若木鸡。

他没有把餐巾拿开，她注意到那只手上戴着褐色手套。

他透过神秘的蓝色护目镜打量着她。“把帽子留下。”他的声音穿过白布，听得很清楚。

霍尔太太从震惊中缓过神来，把帽子放回壁炉边的椅子上。“我不知道，先生，那个——”她尴尬地打住了。

“谢谢。”他冷冷地说，目光从她身上移到门口，又移回到她身上。

“我马上就去把它们好好烘干，先生。”她拿着衣服走了出去。出门时，她又朝缠着白色绷带的脑袋和蓝色护目镜瞥了一眼，那条餐巾依然遮住下半张脸。关上门后她哆嗦了一下，满脸都是惊讶和困惑的神情。“我从来没——”她小声嘀咕道，“天哪！”她轻轻地走到厨房，只顾想着心事，都忘了数落米莉又在磨蹭什么了。

这位访客坐在那里，听着脚步声渐渐远去，接着探究地瞥了一眼窗户，这才放下餐巾，继续吃饭。他吃了一口，狐疑地望向窗户，又吃了一口，然后站起身来，手里拿着餐巾。他穿过房间走到窗前，把窗帘拉到最下面有白色麦斯林纱遮住的窗格。房间暗了下来，他这才轻松了些，坐回桌边继续吃饭。

“这个可怜人要么出了事故，要么动了手术，”霍尔太太说，“哎呀，那绷带可把我吓坏了！”

霍尔太太添了些煤，摊开晾衣架，把他的大衣挂在上面。

“还有那副护目镜！哪里像人类，像个潜水头盔！”她把他的厚围巾挂在晾衣架的一角。“一直拿手帕捂着嘴，隔着它说话！……也许他的嘴巴也受伤了。也许吧。”

她转过身，像是突然想起了什么。“我的天哪！”她突然转换话题，“米莉，土豆还没烧好吗？”

霍尔太太认为他一定是在意外事故中割伤了嘴或破了相。给他收拾餐具时，她的猜测得到了证实。当时他在抽烟斗，但始终没有解下裹住下半张脸的丝巾。他不是记性不好，因为烟丝烧完时他分明看了烟丝一眼。他坐在角落里，背对着窗帘，吃饱喝足了，身子也暖和起来，说话不再像刚才那般咄咄逼人。红红的炉火映在他的大眼镜上，给它增添了原先缺乏的生气。

“我有些行李，”他说，“放在布兰布尔赫斯特车站。”他询问怎么才能送过来。他很有礼貌地低下缠着绷带的头，向她的解释表示感谢。“明天！”他说，“不能更快点吗？”当她回答说“不能”的时候，他似乎很失望。她很确定吗？这里没有马车夫会过去？

霍尔太太乐于回答他的问题。“去那的路很陡，先生。”这是在回答关于马车的问题，然后她借机说道，“一年多前，那条路上翻了一辆马车。除了马车夫，还死了一位绅士。先生，事故随时都会发生，对吧？”

但这位访客的注意力没那么容易被吸引。“对。”他隔着丝巾说道，双眼从那副无法穿透的眼镜后面静静地打量着她。

“但需要很久才能康复呢，对吧，先生？我姐姐的儿子汤姆在干草地里摔了一跤，胳膊被镰刀划破了，我的天！包扎了三个月，先生。你都不敢相信的。现在我看到镰刀心里就发怵，先生。”

“我完全能理解。”访客说。

“他一度担心自己得动手术，他伤得很厉害，先生。”

来访者突然笑了起来，一声大笑，跟狗吠似的。“是吗？”他问。

“是的，先生。这可不是闹着玩的，我姐姐要照顾她的其他孩子，于是我便去照顾汤姆，得缠绷带，还得解绷带。所以我冒昧地问一句，先生——”

“能给我些火柴吗？”客人突然开腔道，“我的烟斗灭了。”

霍尔太太正在讲自己做了哪些事情呢，突然就被打断了，真是没有礼貌。她惊愕地看了他片刻，想起了那两个金镑，便去取火柴了。

“谢谢。”她把火柴放下时，他只吭了一声，便又转过身望向窗外。这太让人泄气了。他显然对手术和绷带的话题很敏感。霍尔太太终究没有“冒昧地问下去”，不过他那副不理不睬的态度惹恼了她，连累米莉那天下午吃了些苦头。

客人在房里一直待到下午四点，连鬼魂都没找到进去的借口。他人部分时间都一动不动，房间越发昏暗，他似乎坐在炉火旁抽烟斗，或者是打瞌睡。

好奇的偷听者能听到他加了一两次煤，在屋里来回踱了五分钟，像是在自言自语。接着就听扶手椅发出吱嘎一声，他又坐了下来。

第二章

泰迪·亨弗利先生的第一印象

下午四点钟，天已经相当黑了。霍尔太太鼓足勇气，打算去问客人要不要喝茶，这时钟表匠泰迪·亨弗利走了进来。

“天哪！霍尔太太，”他说，“对穿薄靴子的人来说，这天气真是糟透了！”外面的雪越下越大了。

霍尔太太表示赞同。“既然你来了，泰迪先生，”她注意到他带着工具包，“请帮我看看客厅里那台旧钟。它走倒还能走，敲起来也很响亮，就是时针指着六点不动。”

她领着钟表匠走到客厅门口，敲了几下便推门进去了。

她看到客人坐在炉火前的扶手椅上，缠着绷带的脑袋垂在一边，像是在打盹儿。房间里仅有的光亮是炉火发出的红光，以及从敞开的门口钻进来的这一天的最后一丝暮光。那红光像铁路信号灯一样照亮了他的眼睛，也把那张垂头丧气的脸留在了黑暗中。一切都显得红通通、朦朦胧胧、模模糊糊的，尤其她刚点亮酒吧间的灯，眼睛还花着呢。有那么一瞬间，她似乎看到那个男人张开血盆大口，把他的下半张脸囫囵吞下。那就是刹那间的感觉：缠满白绷带的脑袋，丑陋骇人的护目镜，还有下面豁开的巨嘴。随后他挪动了一下身子，抬起手来。霍尔太太把门开大，让房间里亮堂些，这时她看得真切了：他用厚围巾捂着脸，像之前拿餐巾捂着脸一样。看来她是上了阴影的当。

“这个人来看一下钟好吗，先生？”她从短暂的震惊中恢复过来。

“看钟？”他睡眼惺忪地环视四周，捂着嘴说话，然后他完全清醒了，“当然好。”

霍尔太太出去拿灯，他站起来伸了个懒腰。接着灯来了，泰迪·亨弗利先生进了房间，和缠着绷带的人迎面遭遇。他说他当时“大吃一惊”。

“下午好。”陌生人打量着他说。亨弗利先生后来生动地跟别人描述道，他戴着那副护目镜，“活像一只龙虾”。

“希望没有侵扰到您。”亨弗利先生说。

“丝毫没有，”陌生人说着转向霍尔太太，“不过据我所知，这间房是供我私人使用的。”

“先生，我以为您希望把这台钟——”霍尔太太准备说“修好”。

“当然，”陌生人说，“当然，但一般说来，我喜欢独处，不被打扰。”

“不过我真的很高兴有人来修钟，”他看到亨弗利先生有些踌躇，“很高兴。”亨弗利先生本打算道个歉就离开，听到这话便安心留了下来。陌生人背对着壁炉站着，双手放在背后。“待会儿，”他说，“等钟修好后，我想喝点茶。记住，等钟修好之后。”

霍尔太太正要出去——这次她没有跟访客搭话，免得在亨弗利先生面前出丑——不料访客把她叫住，问她运送行李的事情有没有安排好。她回答说已经叮嘱过邮差了，运货人明天就能把行李运送过来。

“不能再提前了吗？”他问。

她说没错，态度冷冷的。

“刚才我又冷又累，没来得及解释，”他补充道，“我是一个从事实验工作的研究人员。”

“是吗，先生。”霍尔太太肃然起敬。

“我的行李里有仪器和设备。”

“它们大有用处，先生。”霍尔太太说。

“我急于继续我的研究。”

“当然，先生。”

“我来伊平的原因，”他以一种从容谨慎的语气说道，“是渴望独处。我不希望自己的工作受到干扰。除了工作外，还出了一个事故——”

“我也是这么想的。”霍尔太太心中暗忖。

“——必须退隐一段时间。我的眼睛——有时候又累又疼，我不得不一连几个钟头把自己关在黑暗中。把自己关起来。时而——不时。当然现在不用。在那种时候，最小的干扰，一个生人进屋，都能让我感到极其不安——希望你们能够理解。”

“当然，先生，”霍尔太太说，“我能否冒昧地问一下——”

“我要说的就这些。”陌生人摆出一副不由分说到此为止的神态。霍尔太太只好收起她的疑问和同情，等待更合适的机会。

据亨弗利先生说，霍尔太太离开房间后，陌生人一直站在炉火前，盯着他修钟。亨弗利先生不仅卸下指针和钟面，还把机件拆了下来，他尽可能地慢条斯理，保持低调，不发出声响。那盏灯紧挨着他，强烈的光线透过绿色的灯罩投射在他的手上、钟框和齿轮上，房间的其他地方则是一片幽暗。他抬起头来，眼前游动着斑驳的光影。生性好奇的他把这台钟的机件也拆卸了下来——这完全没有必要——他是在拖延时间，兴许还能和陌生人聊会天。但是陌生人站在那里，一言不发，一动不动。完全是一动不动，把亨弗利搞得心神不宁。他感觉屋里就他一个人，于是抬头望去，就见缠着绷带的脑袋和巨大的蓝色镜片若隐若现，镜片前还漂浮着一团薄雾般的绿色斑点。陌生人正目不转睛地盯着他。那副模样在亨弗利看来真是太离奇了，于是他俩就这么木然地对视了一分钟之久。随后亨弗利低下头来。多么难堪的局面！他想找句话说，要不说说今年这个时候怎么那么冷的？

他抬起头，仿佛找到了开场白。“天气——”他开始说。

“你干吗不修完就走？”那僵硬的人影显然已经快按捺不住怒火了，“你把时针装到轴上不就完事了吗？你在耍什么花招——”

“当然，先生。再等一分钟，先生。我没注意到——”亨弗利修完就走了。

不过亨弗利离开时愤愤不平。“他妈的！”他一边步履艰难地穿过消融的积雪，一边自言自语地说，“我有时候必须修钟啊，当然啊。”

“我不能看你吗？丑八怪！”他又来一句。

“似乎不能。如果你是通缉犯，那你把脑袋缠得够严实的。”他再补一句。

在格里森街的拐角处，亨弗利遇见了霍尔。霍尔的新婚夫人正是陌生人下榻的车马旅店的老板娘。他是在伊平驾驶马车的，有时会应客人的要求送他们去西德布里奇车站，现在他正从那边往回赶。从他驾车的样子来看，他显然在西德布里奇“喝了点儿”。

“你好吗，泰迪？”霍尔寒暄道。

“你家来了个怪人！”亨弗利说。

“什么情况？”霍尔客气地停住马车。

“车马旅店来了个奇特的客人，”亨弗利说，“我的天哪！”

接着他向霍尔生动地描述起那个怪异丑陋的客人。“看样子是乔装过的，不是吗？如果他来我家投宿，我得看到他的脸，”亨弗利说，“但女人就是容易轻信生人。他住进你的屋子，连名字都没说，霍尔。”

“不会吧！”霍尔这人脑子转得慢。

“会的。不管他是谁，这周你没法撵他走。他说明天还有很多行李要运过来。但愿箱子里装的不是石头，霍尔。”亨弗利说。

亨弗利告诉霍尔，他在黑斯廷斯的姑妈被一个陌生人用一只空皮箱给骗了。总而言之，亨弗利一番话说得霍尔疑虑重重。“起来，老姑娘，”霍尔说，“我得回去弄个清楚。”

亨弗利迈着沉重的脚步继续赶路，心里倒是松了一口气。

然而，霍尔回到家后，还没来得及“弄个清楚”，就被妻子一顿痛骂，说他在西德布里奇耽搁太久。他温和的询问得到了暴跳如雷的答复，而且离题万里。尽管碰了一鼻子灰，怀疑的种子在霍尔先生心里发芽了。“你们女人家什么都不懂。”霍尔先生决定尽快摸清客人的身份。九点半左右，陌生人上床睡觉了，这时霍尔先生挑衅地闯进客厅，仔细查看妻子的家具，以昭示陌生人不是这儿的主人。霍尔还略带轻蔑地审视了陌生人留下的一张数学计算表。临睡前，他还嘱咐霍尔太太，明天行李送来时要细细查看。

“你管好你自己的事，霍尔，”霍尔太太说，“我管好我自己的事。”

她老忍不住想骂霍尔几句，因为这个陌生人确实怪诞，让她心里一点底都没有。半夜里，她梦见许多白萝卜一样的大脑袋在后面追她，它们长在漫无尽头的脖子上，上面还生着黑色的大眼睛。她惊醒了，但她是个理性的女人，她克服了自己的恐惧，翻了个身又睡过去了。

第三章
一千零一个瓶子

就这样，二月九号这天，冰雪初融之时，这个不知来自何方的怪人降临到了伊平村。翌日，他的行李从雪泥中运抵。非常引人注目的行李。两个大行李箱，像寻常的旅客一样，此外还有一箱子书——全都又大又厚，有些书上的字迹令人费解——和十几个板条箱、纸箱和木箱，里面装的东西用稻草捆扎着，霍尔出于好奇，扯开稻草后发现是玻璃瓶。开搬之前，霍尔扯了两句闲话，就在这当儿，被帽子、大衣、手套和绷带裹得严严实实的陌生人不耐烦地走了出来，迎接费伦赛德的马车。他没有注意到一旁费伦赛德的狗，它正漫不经心地嗅着霍尔的腿呢。

“快把箱子搬进来，”陌生人说，“我已经等得够久了。”

他走下台阶，朝着马车尾部走去，似乎想搬小些的板条箱。

可是费伦赛德的狗一看见他，就浑身狗毛倒竖，狂吠不止，当他冲下台阶时，那条狗突然跳了一下，随即直接朝他的手扑去。

“拿鞭子抽！”霍尔大叫一声，向后跳开，他拿狗没辙。

“躺下！”费伦赛德大吼一声，随后抄起他的鞭子。

他们看到狗的牙齿没能咬住他的手，接着他们听到了踢腿声。就见狗一个侧跳，咬住他的腿，伴随着裤子撕裂的声音。这时费伦赛德的鞭梢已经落到狗的身上，它惊恐地尖叫着，躲到车轮下面去了。这是半分钟里发生的事。没有人说话，每个人都在大喊。陌生人飞扫了一眼撕破的手套和自己的腿，似乎想弯腰查看腿的状况。随后他转身冲上台阶，溜进了车马旅店。他们听到他穿过走廊，踏上没铺地毯的楼梯，进了他的卧室。

“你这个畜生！”费伦赛德提着鞭子从马车上爬下来，那条狗透过车轮偷瞄他。“你最好给我过来！”费伦赛德喝道。

霍尔瞠目结舌地愣在那里。“他被狗咬了，”霍尔说，“我得去看看。”

霍尔快步向陌生人追去，在走廊里撞到了霍尔夫人。

“运货人的狗，”他说，“咬了他。”

霍尔径直上楼，陌生人的门半掩着。出于同情之心，他顾不得礼节就推门而入。

窗帘拉着，屋里很昏暗。他看到一样无比奇特的东西朝他抡了过来，像是一只没有手的胳膊；他还瞥见一张白脸，上面有三块模糊不清的大斑，活像苍白的三色堇。紧接着他的胸口就挨了一记重拳，不由得倒退几步，房门砰的一声关上了，还锁了起来。一切发生得如此之快，他还没来得及看个清楚。只是觉得有个难以辨认的东西冲他挥来，接着就是一次重击和一次震荡。站在昏暗的楼梯口，他回想着刚才究竟看到了什么。

几分钟后，霍尔回到车马旅店外的人群中。费伦赛德把事情的经过又从头到尾讲了一遍；霍尔太太说他的狗不应该咬她的客人；街道对面的杂货商哈克斯特问个不停；铁匠桑迪·韦杰斯跟法官似的作着评判；一旁的妇人和儿童发表着无聊的议论：“我不会让它咬到我的，我知道。”“就不该养这样的狗。”“为什么要咬他啊？”诸如此类。

霍尔先生从台阶上看着他们七嘴八舌，想到刚才在楼上目睹的怪事，越发觉得不可思议。但他的词汇量着实有限，难以用语言具体描绘出来。

“他说他不需要帮忙，”霍尔回答妻子的问话道，“我们把他的行李搬进去吧。”

“得赶紧烧灼下伤口，”哈克斯特先生说，“特别是发炎红肿的话。”

“我会开枪毙了它。我会这么做。”一位女士说。

突然那条狗又低吼起来。

“快点，”一个愤怒的声音从门口传来，陌生人站在那里，裹得严严实实，领子上翻，帽檐下压，“你们越早搬好我越高兴。”据一位匿名的看客说，他的裤子和手套都换了。

“您受伤了吗，先生？”费伦赛德说，“非常抱歉，我的狗——”

“毫发无损，”陌生人说，“皮都没有伤到。快点把东西搬进去。”

据霍尔先生讲，陌生人嘴里骂了一句。

按照陌生人的吩咐，第一只板条箱直接抬进了客厅。他迫不及待地扑过去将它打开，完全无视霍尔太太家的地毯，稻草撒了一地。接着他从里面取出了好多瓶子，有装粉末的小胖瓶、装有色和白色液体的小细瓶、贴着“有毒”标签的蓝色凹槽瓶、颈细身圆的瓶子、绿色大玻璃瓶、白色大玻璃瓶、带玻璃塞和磨砂标签的瓶子、盖着精致软木塞的瓶子、盖着大塞子的瓶子、带木盖的瓶子、葡萄酒瓶、色拉油瓶等等。它们成排地放在梳镜柜上、壁炉架上、窗下的桌子上、地板上、书架上，到处都是。布兰布尔赫斯特药店里的瓶子也不及这儿的一半。真是太壮观了。一箱又一箱的瓶子，等到他把统共六只板条箱里的瓶子全都取出来时，稻草已经堆得跟桌子一般高。除了瓶子之外，板条箱里还装有试管和一架包得很用心的天平。

板条箱悉数清空后，陌生人走到窗前开始工作。至少地上的稻草、熄灭的炉火、外面的那箱书，以及已经搬上楼的两个大行李箱和其他行李，他丝毫没有放在心上。

霍尔太太把晚饭端进来时，他正专心致志地埋头工作，把瓶子里的溶液滴到试管里。她抹掉桌上的稻草，准备把托盘放到桌上时，兴许看到了地板上的状况，不由得重重一放。陌生人这才注意到了她。他半转过头瞄了一眼，又立刻转了回去。她发现他的护目镜摘下来了，放在旁边的桌子上，她看到他的眼窝极其凹陷。他戴上护目镜，转过身来对着她。她正要抱怨地上的稻草，谁料被他抢先发难。

“希望你先敲门再进来。”他的语气异常恼怒，像是他的一大特征。

“我敲了，但似乎——”

“也许你是敲了。但我正在做研究——这项研究非常紧急和必要——容不得一点小小的干扰，比如门动了一下，我必须要求你——”

“当然，先生。那您可以把门锁上。随时都可以。”

“好主意。”陌生人说。

“这些稻草，先生，恕我冒昧地说一句——”

“别说了。如果嫌稻草碍事，就记在我的账上。”接着他朝她嘟哝了几句，像是在骂人。

陌生人站在那儿，一手拿着瓶子，一手拿着试管，看着古怪极了，一副咄咄逼人的暴躁模样，把霍尔太太吓得够呛。但她是个坚定的女人。“这样的话，先生，我想知道您是怎么考虑的——”

“一先令。记我账上。一先令应该够了吧？”

“就这样吧，”霍尔太太说着开始铺桌布，“当然，只要您满意——”

他转过身坐下，大衣领子对着她。

整个下午他都锁着门工作，大部分时间屋里寂静无声，霍尔太太证实了这一点。但是屋里一度传来震动声和瓶子的撞击声，像是桌子被砸到了，还有一个瓶子被使劲摔到地上，然后是来回的快速踱步声。她害怕“出事”，就走到门口偷听，不过没有敲门。

“我继续不下去了，”他咆哮道，“我继续不下去了。三十万，四十万！天文数字！我被骗了！这辈子都做不完！耐心！真有耐心！傻子和骗子！”

酒吧间传来鞋钉敲打砖地的声音，霍尔太太很不情愿地走开，留下他一个人兀自独白。当她回来的时候，房间里又恢复了寂静，只能听到椅子细微的吱嘎声和瓶子偶尔发出的叮当声。一切都已结束，陌生人回到了工作中。

她端茶进去时，看到屋角的凹镜下有一堆碎玻璃，还有一处没有擦干净的金黄色的污迹。她提醒访客注意。

“记我账上，”访客怒气冲冲地说，“看在上帝的分上，别操心我。如果我损坏了什么，就记在我的账上。”然后他继续给面前练习簿上的一个清单打钩。

“我告诉你们一件事情。”费伦赛德神秘兮兮地说。临近傍晚的时候，一堆人聚在伊平村的小啤酒馆里。

“什么事？”泰迪·亨弗利问。

“你们说的那家伙，就是被我的狗咬了的那位。嗯，他是黑人，至少他的腿是黑色的。我透过他裤子和手套的裂口看到的。我原以为会看到粉色的皮肤，不是吗？嗯，完全不是。黑乎乎的。我告诉你们，就跟我的帽子一样黑。”

“我的天哪！”亨弗利说，“太怪了。怎么他的鼻子粉红得跟颜料似的！”

“是啊，”费伦赛德说，“我知道。我是这么看的。这个人身上长着黑白花斑，泰迪。黑一块白一块，斑斑块块的。他为此感到难为情。他是混血儿，可是肤色没有混好，落得斑驳不均。我听说过这种事情。在马身上常见，大家都见到过。”

第四章
卡斯先生拜访陌生人

我已经详细讲述了陌生人来到伊平村的情形，以便读者理解他给大家留下的怪异印象。但除了两件咄咄怪事外，在俱乐部节这一特殊日子到来之前，他在伊平的逗留是可以相当马虎地一带而过的。他和霍尔太太经常为了家里的规矩拌嘴，不过每次他都能以额外付账的权宜之计将她打发走，直到四月下旬他开始显露出经济拮据的迹象。霍尔不喜欢他，胆子壮上来的时候总会劝妻子把他撵走。但霍尔把对他的厌恶隐藏了起来，并且尽量避着他。

"到夏天再说吧，"霍尔太太睿智地说，"那时画家们就来了。到时候再看。他可能是有点专横，但随你怎么说，他是按时付账的。"

陌生人不去教堂，礼拜日和平日对他来说没有区别，在装束上也是一个样。在霍尔太太看来，他工作起来断断续续的。有时他起得很早，一直忙个不停；有时他又起得很晚，一连几个小时地在房间里踱来踱去，发出焦躁不安的声音，抽烟或睡在壁炉边的扶手椅上。他和村外的世界没有联系。他的脾气仍然很不稳定，大部分时间里，他表现得像是在遭受令人发指的挑衅，有那么一两次，他突然发起狂来，狂暴地把东西折断、打断、撕碎或压碎。他似乎遭受着最强烈的慢性刺激。他低声自言自语的习惯愈发严重，霍尔太太虽然认真听过，但没能听出个究竟。

白天他很少外出，但到了黄昏时分，不管天气冷不冷，他都会裹得严严实实地出去走走，而且专挑最偏僻的或被山坡和树影遮蔽的路走。他帽檐下的蓝色护目镜和骇人绷带脸常常从黑暗中突然冒出来，把一两个回家的工人吓得魂飞魄散。一天晚上，九点半左右，泰迪·亨弗利跌跌撞撞地从红衣酒馆里走了出来，被那个陌生人骷髅般的脑袋吓得颜面扫地——当时陌生人手里拿着帽子，酒馆门被推开的一瞬间，他被射出来的灯光突然照亮。那些在黄昏时看到他的孩子们晚上会梦到妖怪。很难说得清是他更不喜欢孩子们还是孩子们更不喜欢他，反正他们彼此厌恶对方。

在伊平这样的村庄里，一个外貌和举止如此惹眼的家伙，必然会成为村里人茶余饭后的谈资。他的职业到底是什么，大家众说纷纭。霍尔太太对这个问题很敏感。若是被人问及，她会谨慎地解释说，他是一个“实验研究人员”。每个音节她都发得小心翼翼，像是害怕掉进什么陷阱。当被进一步问到什么是“实验研究人员”时，她会带着一点优越感说，大多数受过良好教育的人都知道的，然后她会解释说，他是“发明东西的”。她说她的访客出过一次意外事故，脸和手暂时变了颜色，由于性情敏感，他不愿意把这件事公之于众。

在霍尔太太的背后，还有一种观点认为他是一个罪犯，把自己包裹起来是为了逃避法律的制裁，躲过警察的眼睛。这个观点的提出者是泰迪·亨弗利先生。从二月中旬起，没听说过有罪案发生。在国民学校的见习助教古尔德先生看来，这个陌生人是一个乔装的无政府主义者，正在制造炸药。他决心在时间允许的情况下侦查一番。每次遇到这位陌生人，古尔德先生都上上下下地打量他，与此同时，他也向没见过陌生人的村民抛出关于他的诱导性的问题。最终古尔德先生一无所获。

还有一派人支持费伦赛德先生的观点，即陌生人身上长着黑白花斑，诸如此类。塞拉斯·德根断言："如果他愿意去集市上抛头露面，他会一夜暴富。"身为一名半吊子神学家，他把陌生人比作《圣经》里那个把钱埋入地下的仆人[1]；另一种观点认为陌生人是一个无害的疯子，这样整起事件就迎刃而解了。

在持这些看法的人中间，也有骑墙派和妥协派。萨塞克斯人没有迷信的传统，直到四月初的事情发生后，村里的人才开始变得迷信起来。即便如此，也只有女人才信。

但不管他们怎么看他，伊平人在讨厌他这一点上是一致的。他的暴躁易怒对城市里的脑力工作者来说可以理解，但却让恬淡的萨塞克斯百姓惊诧不已。他发狂似的手势时常吓到村民。到了傍晚，他仓促的脚步声会出现在僻静的角落，从人们身边匆匆掠过。对于好奇的试探，他会给予无情的打击。由于他偏爱暮色，人们不得不早早关门，拉下窗帘，熄灯灭烛——谁喜欢过这种日子？他走在村里的时候，人们会自觉地闪到一旁。等他走过去之后，调皮的年轻人会竖起衣领，压低帽檐，神经质地跟在他后面踱步，

---

1 把钱埋入地下的仆人（the man with the one talent），典出《圣经》中的《塔兰特寓言》。

模仿他神秘的举止。当时有首名叫《妖怪》的歌很流行，萨切尔小姐在学校的一场音乐会上唱过，那场音乐会旨在为教堂筹钱买灯。每当陌生人出现时，就有人用口哨吹个把小节，音调不是略高就是略低。也有小孩跟在他后面叫“妖怪”，然后兴高采烈地逃之夭夭。

全科医生卡斯的好奇心被激发出来了。绷带引起了他的职业兴趣，一千零一个瓶子的传说引发了他的妒忌。整个四月和五月，他都在寻找和这个陌生人聊天的机会。最后，在圣神降临周快要到来之际，他再也等不及了，便找了个借口——说是要为村里聘一名护士募捐——然后带着认捐单登门拜访。他惊奇地发现霍尔先生不知道客人的名字。“他说过，但我没听清楚。”霍尔太太硬拗道，她的话根本站不住脚。她觉得不知道那个人的名字未免显得太蠢了。

卡斯叩了叩客厅的门便进去了，里面清晰地传来一句咒骂声。“抱歉打扰了。”卡斯说着关上门，接下来他们的对话霍尔太太就听不清了。

她能听到轻轻的谈话声，十分钟后，一声惊叫从里面传来，然后是脚步声、椅子挪动声和一声大笑。接着就听到有人朝门口冲来。卡斯出来了，脸色苍白，手里拿着帽子，眼睛盯着自己的肩膀。他没有带上身后的门，没有朝她看一眼，大步流星地穿过门厅下了台阶。他走在路上的脚步声很急促。霍尔太太看着客厅敞开的门，忽然听到陌生人悄悄笑了一下。他在房里走动，她看不见他的脸。房门砰的一声关上，这地方又安静下来了。

卡斯直接跑村里的邦廷牧师家去了。

“我疯了吗？”他走进牧师破旧的小书房，唐突地问道，“我看起来像个疯子吗？”

“怎么了？”牧师说着，把菊石放在下一次布道的几页讲稿上。

“旅店里那家伙——”

“他怎么了？”

“给我来点喝的。”卡斯说着坐了下来。

一杯廉价的雪莉酒（好心的牧师仅有的饮料）下肚，卡斯的情绪稳定了下来，开始讲述刚才拜访陌生人的经过。“我进了屋，”他喘着气说，“要他为护士基金捐款。他抽着鼻子，手插在兜里，重重地坐到椅子上。我说我听说你对科学感兴趣，他说是，又抽了下鼻子。他不停地抽着鼻子，显然最近得了可恶的感冒。怪不得把自己裹成那样！我嘴里讲着护士的事情，眼睛一直在扫视周围。到处都是瓶子和化学品，还有天平和试管，以及一股夜来香的味道。我问他捐吗？他说会考虑一下。我直截了当地问他是否在搞研究，他说是。‘是一项长期研究吗？’我继续问道。他突然生气了。‘一项该死的长期研究。’他回答道，可以说是勃然大怒。‘哦。’我说。接着他跟我大吐苦水——他正窝火呢，我这一问让他爆发了出来。他说有人给了他一个方子，最值钱的方子，但具体是什么方子他不肯说。是药方吗？‘去你妈的！你探听这个干吗？’我道了歉。他不失尊严地抽了下鼻子，咳嗽了一声。接着他继续说道，他看了那张方子，有五种成分组成。他把方子放下，转过头，这时从窗外吹进一阵风，把方子掀了起来，沙沙地响着。他说他在一个有壁炉的房间里工作，就见火苗一蹿，方子烧着了，朝上面的烟囱升去。他冲向壁炉，但是为时已晚。所以！说到这里，为了让故事更加生动，他伸出了一只胳膊。”

“然后呢？”

“没有手，袖管空的。天哪！我以为他是个残废！装了一只软木假手臂，现在卸下来了。但我又觉得有哪里不大对劲，如果里面什么都没有，袖管怎能举起来，袖口怎能张开？我告诉你，里面空空如也。一直到关节都是空的。我直接就看到了肘部，衣袖裂开的地方还透出亮光呢。天哪！我叫道。他停了下来，透过黑通通的护目镜盯着我，再盯向自己的袖子。”

“然后呢？”

“就这些。他瞪了我一眼，一句话也没说，迅速把袖子放回兜里。‘我说道方子烧着了，是吧？’他咳嗽了一声说。‘你到底是怎么移动空袖子的？’我问。‘空袖子？’他说。‘是的，一只空袖子。’”

“‘一只空袖子，是吗？你看到的是一只空袖子吗？’他立刻站了起来。我也站了起来。他缓慢地向我走了三步，站得离我很近。接着他恶意地抽了下鼻子。但我没有畏缩。我敢打包票，如果那绷带头和护目镜是在缓慢地向你逼近，你肯定会吓得不知所措。”

“‘你说这是一只空袖子？’他问。‘当然。’我说。一个没戴面具和护目镜的男人被一个头上缠满绷带、戴着护目镜的男人一声不吭地盯着，真的毫无优势可言。然后他静静地从兜里拉出袖管，向我举起手臂，似乎要让我再看一次。他的动作非常缓慢。我盯着他的袖子看，时间显得那么漫长。‘嗯？’我清了清嗓子说，‘里面什么都没有。’我不得不说些什么。我开始感到害怕。我能看到袖子深处。他把袖口伸向我，慢慢地，慢慢地，直到离我的脸只有六英寸。太怪异了，看着一个空袖子向你慢慢伸过来！然后——”

“然后怎样？”

“有什么东西——感觉明明是一根手指和一根大拇指——捏了我的鼻子。”

邦廷笑了起来。

“那里什么都没有！”说到最后一个字的时候，卡斯的声音变成了尖叫，“你就笑吧，但我告诉你，当时我吓死了，猛打他的袖口，转身逃出房间——我离开了他——”

卡斯停下不说了。他的惊慌绝不是装出来的。他无助地转过身来，又喝了一杯杰出牧师的劣质雪莉酒。

“当我击打他的袖口时，”卡斯说，“我告诉你，感觉就像打了一只胳膊。然而并没有胳膊！连个胳膊的鬼影子都没有！”

邦廷先生认真考虑了一下，用怀疑的目光看着卡斯。邦廷先生看上去睿智又严肃。“这是一个奇异的故事，”邦廷强调说，“真的是一个奇异的故事。”

第五章
牧师家遭窃

牧师家遭窃的事主要是牧师夫妇传出来的。事情发生在圣灵降临节的凌晨，那是伊平人欢庆俱乐部节的日子。邦廷太太突然从黎明前的寂静中惊醒，她明显感觉到卧室的门开了又关上了。起先她没有唤醒丈夫，而是坐在床上听动静。接着她清楚地听到“啪嗒、啪嗒、啪嗒”的脚步声，像有个人赤着脚从隔壁梳妆室走出来，沿着走廊走向楼梯。确定没听错后，她尽可能轻地把牧师摇醒。邦廷先生没有点灯，只是戴上眼镜，披上夫人的睡衣，趿着拖鞋走到楼梯口去听个究竟。他一清二楚地听到楼下有人在书桌上胡乱摸找，然后打了个很响的喷嚏。

他回到卧室，抄起一根拨火棒，蹑手蹑脚地沿着楼梯往下走。这时邦廷太太走到了楼梯口。

当时大约是凌晨四点，夜间最黑暗的时刻已经过去。门厅里有一道微弱的亮光，不过书房门口依然漆黑一团。四周一片寂静，只有邦廷先生下楼梯发出的轻微的嘎吱声和书房里传来的轻微声响。然后就听啪的一声，抽屉打开了，还有哗啦哗啦翻动文件的声音。接着是一声咒骂，一根火柴划亮了，黄色的光照亮了书房。透过门缝，邦廷先生看到了书桌、打开的抽屉和桌上燃烧着的蜡烛，唯独看不到那个小偷。他站在门厅里，不知如何是好。邦廷太太跟在他后面轻手轻脚地下了楼，她脸色煞白，露出一副急切的神情。邦廷先生相信这个窃贼是本村的居民，所以倒没有多害怕。

邦廷夫妇听到了钱币叮当作响的声音，意识到小偷已经找到了他们藏钱的地方——那里共计有两镑十先令（全是半镑的金币）。听到这个声音，邦廷先生突然来了勇气，他紧握拨火棒冲进书房，邦廷太太紧随其后。“投降！”邦廷先生怒吼道。然后他就惊呆了。屋里显然空无一人。

但他们明明听到有人在屋里走动。他们目不转睛地注视了半分钟，接着邦廷太太穿过屋子到屏风后面查看，出于同样的冲动，邦廷先生也弯腰凝视书桌底下。然后邦廷太太把窗帘翻了过来，邦廷先生抬头看向烟囱，用拨火棒探了探。再然后邦廷太太仔细查看了废纸篓，邦廷先生打开了煤斗的盖子。最后他们停了下来，彼此用充满疑问的目光看着对方。

“我可以发誓——”邦廷先生说。

“蜡烛！”邦廷先生问，“谁点的蜡烛？”

“抽屉！”邦廷太太说，“钱不见了！”

她急忙走到门口。

“竟然有此等怪事——”

走廊里传来一声剧烈的喷嚏声。他们赶忙冲出去，厨房的门砰地关上了。“把蜡烛拿来。”邦廷先生走在前面说。这时他们都听到门闩被匆匆拉开的声音。

邦廷先生打开厨房前门的时候，透过洗涤室看到后门刚被打开，黎明的微光下，外面的花园显得黑漆漆的。他确信没有看到人出去。后门开了一会儿，然后砰的一声关上了。邦廷太太手中的蜡烛忽明忽暗，那是她从书房里拿来的。一分来钟后，他们走进厨房。

厨房里空荡荡的。他们把后门闩上，彻底检查了厨房、食品储藏室和洗涤室，最后走进地窖。他们把房子搜了个遍，依然连个影子都没见着。

天亮了，这对着装奇特的夫妇还在楼下惊讶着呢。蜡烛依旧摇曳不定，已经显得多余了。

第六章
疯了的家具

圣灵降临节的凌晨，在四下寻找米莉的一天开始之前，霍尔夫妇起了床，悄悄走向地窖。这是霍尔夫妇的秘密，他们要在自酿啤酒的浓度上做文章[1]。刚进地窖，霍尔太太就发现忘拿洋菝葜了。她是这件事的行家里手和主要操作者，所以霍尔识趣地上楼去拿了。

走到楼梯口，霍尔惊讶地发现陌生人的房门半开着。他走进自己的房间，按照老婆的指引找到了装洋菝葜的瓶子。

霍尔带着瓶子走到楼下，发现大门的门闩拉开着——大门关着但没上锁。他灵光一闪，把眼前所见和陌生人的

1 这里指霍尔夫妇在自酿啤酒中掺水，再用洋菝契来掩盖味道。

房间以及泰迪·亨弗利的判断联系到一块了。他清楚地记得昨晚老婆拉上门闩时，他就在旁边举着蜡烛。霍尔被惊得瞠目结舌，不禁拿着瓶子又上楼去了。他叩了叩陌生人的门，没人应门。再叩，还是没有反应。于是他推门而入。

如霍尔所料，床上是空的，房间里也是空的。连思维迟缓的他都觉得不可思议的是，椅子上和床沿上散落着陌生人的那套衣服和绷带。据霍尔所知他只有那一套衣服。那顶阔边大毡帽神气活现地歪戴在床柱上。

霍尔站在那里，听到妻子的声音从地窖深处传来，音节在快速叠进，疑问的语调在句尾升高，这是西萨塞克斯乡民急躁时的表现。“乔治！我要的东西拿到了没有？”

霍尔转过身来，急忙向她跑去。“珍妮，”他倚在地窖台阶的栏杆上说，“亨弗利说的是对的。他不在房间里，并且大门的门闩被拉开了。”

起初霍尔太太没听明白。等她明白过来后，她决定亲自去看看那间空屋。霍尔走在前面，手里仍然拿着瓶子。“他人不在，”霍尔说，“衣服倒在的。一丝不挂地去干吗了？真是天大的怪事。”

他们走上地窖台阶的时候，都觉得自己听到大门开了又关上了（后来得到了证实），但他们看到大门关得好好的，也没见着人影，就啥也没说。在走廊里，霍尔太太跑到丈夫前面，抢先踏上楼梯。就在这时，有人在楼梯上打了个喷嚏。霍尔在妻子身后，跟她隔了六级台阶，以为是她打的。她则以为是霍尔打的。她猛地推开房门，扫视着房间。“太奇怪了！”她说。

霍尔太太听到脑后传来抽鼻子的声音，跟她近在咫尺的感觉。她转过身去，惊讶地看到霍尔还在离她十二英尺远的楼梯口。不一会儿他就走到了她身边。她弯下腰，把手放在枕头上，然后伸到衣服下面。

“冷的，”霍尔太太说，“他已经起床一个多小时了。”

这时候，一件最不可思议的怪事发生了：床上的被褥聚在了一起，陡然形成一座小山峰，然后头朝下跳到护栏上，就好像有只手抓住被褥中央，用力往边上一扔。紧接着，陌生人的帽子从床柱上跳了下来，在空中画了大半个圆圈，朝着霍尔太太的脸急冲过去。接着飞过来的是脸盆架上的海绵。椅子也不甘落后，把陌生人的衣服和裤子随意抛到一边，还发出神似那个陌生人的冷笑声，随后它翻转过来，四条腿对着霍尔太太瞄准了片刻，便向她猛冲过来。她尖叫着转过身，但椅子腿只是轻柔又坚决地抵在她的背上，把她和霍尔驱出房间。门砰的一声关上了，同时上了锁。椅子和床似乎跳了会儿胜利之舞，然后一切戛然而止。

在楼梯口，霍尔太太几乎晕厥在丈夫怀里。米莉被霍尔太太的尖叫声惊醒了，她和霍尔先生费了九牛二虎之力才把霍尔太太抬下楼，再给她服用这种情况下常用的恢复剂。

“是鬼啊，”霍尔太太说，“那是一只鬼，我在报纸上读过。桌子椅子在蹦蹦跳跳！”

“再喝一口，珍妮，”霍尔说，“能让你平静下来。”

“把他锁在外面，”霍尔太太说，“别让他进来。我早就猜到了，我就知道。那鼓鼓的护目镜，缠满绷带的脑袋，礼拜日从来不去教堂，还有那些瓶子——谁需要那么多瓶子啊。他把鬼魂放进家具里了——我的宝贝家具啊！小时候我亲爱的妈妈经常坐那张椅子，现在它竟然跳起来攻击我！”

“再喝一口，珍妮，”霍尔说，“你很烦乱。”

早晨五点，受霍尔夫妇之命，米莉穿过洒满金色阳光的街道，去唤醒铁匠桑迪·韦杰斯先生。转达霍尔先生的问候，告知楼上的家具有多邪门。韦杰斯先生会来吗？见识多广、足智多谋的韦杰斯先生对此事深表忧虑。“我敢肯定那是巫术，”他说，“得用马蹄铁[1]对付他。”

---

1 马蹄铁在西方被认为具有对抗巫术的能力。

韦杰斯先生来了，一副忧心忡忡的样子。他们希望他带大家上楼去房间看看，但他似乎一点也不着急，更愿意在走廊里讨论。街道对面哈克斯特的学徒出来卸烟草窗的护窗板，也被叫来一起讨论。几分钟后，哈克斯特先生自然也跟了过来。盎格鲁－撒克逊人在议会里治国的天赋开始显现出来——只有高谈阔论，没有具体行动。“让我们先了解事实，”韦杰斯先生坚持说，“我们得确认破门而入的正当性。你当然可以去撞破一扇完好的门，可一旦撞破它，就没法让它完好如初了。”

突然，楼上那间屋的门极为奇妙地自行打开了，他们吃惊地抬起头来，见裹得严严实实的陌生人从楼梯上走了下来，不讲道理的蓝色大护目镜盯着他们，比以往任何时候都更阴郁、更木然。他僵硬而缓慢地走下楼梯，穿过走廊，眼睛始终盯着他们，最后他停下脚步。

“看那儿！”他说。他们的眼睛顺着他戴着手套的手所指的方向看去，见地窖门口放着一瓶洋菝葜。然后他走进客厅，当着他们的面，突然地、迅速地、狠狠地把门砰地关上。

直到最后一声回音消失，才有人开口说话。他们彼此对视着。“嗯，如果还有比这更奇怪的事情——”韦杰斯先生把后半句话咽了下去。

“我要进去问一声，我需要一个解释。”韦杰斯对霍尔说。

过了好一阵，女店主的丈夫才终于鼓起勇气，走过去敲门。他打开房门，才说了句：“对不起——”

“滚开！”陌生人大吼道，“把门关上！”简短的拜访就这么结束了。

第七章
陌生人露出原形

陌生人于早晨五点半左右进了车马旅店的小客厅，在那里一直待到正午。窗帘拉着，房门关着，而且自从霍尔被无礼地拒绝后，谁也不敢冒风险去接近他。

这段时间他肯定没吃东西。他摇了三次铃，第三次的时候怒不可遏地摇个没完没了，但没人理会。“让他见鬼去吧！”霍尔太太说。接着就有流言传来，说牧师家遭窃了，于是两件事就被联系到了一起。霍尔在韦杰斯的陪同下去找地方治安官沙克尔福斯先生，听取他的意见。没有人敢去车马旅店楼上，陌生人在忙着做什么不得而知。他时而大踏步地来回走动，其间破口大骂两次，撕破纸张一次，暴力摔瓶一次。

一群好奇又害怕的村民开始聚集在车马旅店，其中就有哈克斯特太太。几个光彩照人的小伙子也来凑热闹，困惑地问这问那，这天是圣灵降临节，所以他们穿着黑西装，打着皮克纸领带。一个名叫阿奇·哈克的显得与众不同，他跑进院子，从窗帘下往里偷看。他什么也没看到，却自称看到了，于是其他几个年轻人也加入到他的行列。

这是你能见到的最棒的圣灵降临节。村里的街道两旁摆了十几个摊档和一个靶场。铁匠铺旁边的草地上停着三辆黄色和巧克力色的马车，几个别致的陌生男女正在搭建打椰子游戏[1]的摊档。绅士们穿着蓝色针织套头衫，女士们系着白围裙，戴着插满羽毛的时髦帽子。兼售二手脚踏车的鞋匠贾格尔斯先生和紫鹿酒馆的沃杰正在街道两旁拉一根挂着英国国旗和王室旗的绳子，它们原先是为庆祝维多利亚女王即位五十周年准备的……

客厅里一片漆黑，只有一线阳光照进人为的黑暗。陌生人一定又饿又怕，他藏在又热又难受的绷带里，透过深色的镜片阅读文件，把脏兮兮的小瓶子弄得叮当作响，间或对着窗外看不见但听得见的小伙子们咒骂几句。壁炉边

1 打椰子游戏（coconut shy），以椰子为靶子的投靶游戏。

的墙角里躺着半打摔碎的瓶子，空气中夹杂着刺鼻的氯气味。这就是我们当时听到的和后来在屋里看到的情况。

到了中午，陌生人突然打开房门，怒视着酒吧间里的三四个人。“霍尔太太。”他喊道。有人局促不安地去叫霍尔太太了。

过了一会儿霍尔太太来了，呼吸有点急促，显得气势汹汹。霍尔还在外面。她有备而来，手里端着个小托盘，托盘上是一张未结清的账单。

“先生，您是要这张账单？”她问。

“为什么不给我送早饭？为什么不给我做饭？为什么我摇铃也不回应？你认为我不吃不喝也能活下去？”

“您为什么不付账？”霍尔太太说，“我想知道这个。”

“我三天前告诉过你，我在等一笔汇款——”

“我两天前告诉过你，我不要等什么汇款。你才等了一会儿早饭就牢骚不断，而我等你付账都等了五天了，你有什么可抱怨的？”

陌生人爆了一句粗口，简洁而生动。

“不，不。”有声音从吧台边传来。

“先生，如果你不说粗话，我会非常感谢，先生。”霍尔太太说。

陌生人站在那里，比以往任何时候都更像一只愤怒的潜水头盔。吧台边的人普遍认为霍尔太太占了上风。他接下来说的话证明了这一点。

“看着，我的好女人——”他说。

“别叫我好女人。”霍尔太太说。

“我说了我的汇款还没到——”

“真的有汇款呢！”霍尔太太说。

“不过，我想我的口袋里有——”

“两天前你说过，你身上就剩一镑银币了——”

“好吧，我又找到一些——”

“呦呵！”又有声音从吧台边传来。

“不知道你从哪里弄到的！”霍尔太太说。

这句话似乎让陌生人大为恼火。“你什么意思？”他跺着脚说。

“我好奇你从哪儿弄到的钱，”霍尔太太说，“在我给你结账、送早饭等等之前，你得把一两件事情给我讲清楚，这件事情我弄不明白，而且所有人都急于弄明白。我想知道你对我的椅子做了什么，你的房间怎么是空的，后来你又是怎么进去的。住这儿的人都是从门进来，这是车马旅店的规矩，可你没有这样做，我想知道你究竟是怎么进来的。我想知道——”

“住口！”陌生人突然举起戴着手套的手，紧握拳头，猛跺一脚，暴怒地吼道。霍尔太太立刻住嘴了。

“你不明白我是谁，我是什么人，”他说，“我展示给你看。老天爷为证！我展示给你看。”他把手掌贴在脸上，然后抽回，脸的中央随即变成一个黑洞。“给你。”他说。他走上前去，递给霍尔太太一件东西。她凝视着那张变形的脸，不由自主地接了过去。当她看到那是什么时，不禁大声尖叫起来，把它扔在地上，踉跄着向后退去。鼻子——是陌生人的鼻子！粉红色的闪闪发亮的鼻子，在地板上滚动着。

接着他摘下了护目镜，酒吧间里的人全都在大口喘气。他摘下帽子，狂乱地撕扯连鬓胡和绷带，它们一度扯不下来。一丝可怕的期盼掠过吧台。“哦，我的天哪！”有人说。然后连鬓胡和绷带全被扯了下来。

没法更糟糕了。霍尔太太瞠目结舌、惊恐万状，尖叫着朝大门奔去。所有人都开始逃窜。他们做好了看到伤疤、毁容和有形的恐怖的心理准备，结果看到的却是空气！绷带和假须穿过走廊飞进酒吧间，一个高大笨拙的小伙子连忙跳起来躲闪。大家你推我挤地从台阶上翻滚下来，因为那个在语无伦次地解释、打着手势的家伙，衣领以下是血肉之躯，但是衣领以上空空如也，看不见任何东西！

村民们听到惊呼大叫，抬头沿着街道望去，见车马旅店里的人正在拼命奔逃。他们看见霍尔太太跌了个跟头，泰迪·亨弗利先生跳了起来，以免摔倒在她身上。接着便传来米莉的尖叫声，她听到喧哗声后从厨房跑出来，正巧看到无头陌生人的后背。

街道上所有的人立刻朝车马旅店跑去，糖果小贩、打椰子游戏摊档的老板和他的帮手、秋千摊位的老板、小男孩小女孩、乡村花花公子、漂亮的村姑、穿着罩衣的老人，还有系着围裙的吉卜赛人。一眨眼的工夫，霍尔太太的旅店外就聚集了大约四十号人，他们摇摆着、嚷嚷着、询问着、建议着，每个人都急于发言，结果是一片嘈杂。有几个人把倒在地上的霍尔太太搀扶起来，安慰着她。有人困惑不解，也有目击证人大声喊出让人难以置信的证词。

“他是个怪物！”

“所以，他在干吗？”

“他没伤着那姑娘吧？”

“他正拿着刀追她，我相信。”

“他不长脑袋，我告诉你们。我不是说他说话不长脑袋，他就是不长脑袋！”

“胡扯！那是变魔术。”

“他扯下绷带，脑袋就——”

他们争抢着从敞开的大门口往里观瞧，人群形成一个散乱的楔子形，胆子最大的那位占据着顶端。“他站了一会儿，我听到那姑娘尖叫起来，他转过身去。她的裙子一拂，他就追了上去。十秒钟不到他就回来了，手里拿着一把刀和一条面包，站在那里像在盯着看。他刚从那扇门进去了。我告诉你们，他根本就没长脑袋，你们都错过了——”

后面一阵骚动，说话的那位住嘴了，他闪到一边，给一小队人马让路。他们迈着坚定的步伐走向门口，先是满脸通红、神色坚决的霍尔先生，后面是村警鲍比·杰弗斯先生，接着是谨慎的韦杰斯先生。他们手上有逮捕令。

人们大声诉说着刚才发生的情况，说法大相径庭。“不管他长没长脑袋，”杰弗斯说，“我都得逮捕他。我要逮捕他。”

霍尔先生大步走上台阶，径直走向客厅，发现门开着。

“警官，”他说，“尽您的责任吧。”

杰弗斯进了进去，接着是霍尔，最后是韦杰斯。昏暗的光线下，他们看到一个面朝他们的无头身影，戴着手套的手一只拿着一片啃过的面包皮，另一只拿着一块奶酪。

“就是他！”霍尔说。

“这究竟是怎么回事？”从那人的衣领上方传来愤怒的抗议声。

“你是个该死的怪房客，先生，”杰弗斯先生说，“不管你有没有脑袋，逮捕令上写的是‘身体’。公事公办——”

“别过来！”那人说着向后退去。

他突然扔掉手中的面包和奶酪，霍尔先生抢先一步抓住桌上的刀。陌生人脱下左手的手套，甩在杰弗斯脸上。杰弗斯马上中断关于逮捕令的陈述，一把抓住陌生人没有手的手腕，同时扼住他看不见的喉咙。杰弗斯的小腿挨了洪亮的一脚，疼得大叫起来，但他依然紧抓不放。霍尔把刀从桌上滑给韦杰斯，后者的样子活像作进攻状的守门员。当扭在一起的杰弗斯和陌生人踉跄着朝霍尔冲来时，霍尔走上前去，揪住陌生人一顿猛打。一把椅子挡住了去路，他们一起摔在上面，就听砰的一声，椅子倒在了一边。

“抓住他的脚。”杰弗斯咬着牙说。

霍尔先生正努力照办，肋骨上又挨了响亮的一脚，一时间没了还手之力。韦杰斯先生见无头怪人翻转过来压在杰弗斯身上，便提着刀向门口撤退，不料前来维护治安的哈克斯特先生和西德莫顿村的马车夫这时正好进门，和韦杰斯撞了个满怀。与此同时，二四个瓶子从梳镜柜上掉了下来，一股刺鼻的气味顿时弥漫了整个屋子。

“我投降。”陌生人喊道，虽然他已经制服了杰弗斯。过了片刻，他气喘吁吁地站了起来。多么奇怪的身影，没有头，也没有手，因为他也把右手的手套摘下来了。

“没救了。”他说，像是在抽泣。

那话音像是从真空地带飘来的，听起来太奇怪了。但是萨塞克斯的乡民也许是天底下最处事不惊的人。杰弗斯站起身，拿出手铐，然后他反应了过来。

“我说！”杰弗斯感觉到整件事出乎常理，便收起手铐说，“该死！我看这手铐没法用了。”

陌生人把胳膊伸到马甲前，就见空袖口所到之处，纽扣奇迹般地一一解开。他嘀咕说小腿不舒服，弯下腰，像在摸索着鞋子和袜子。

“哎呀！”哈克斯特突然叫起来，“他根本不是一个人，而是一套空衣服。瞧！你能看到衣领下面和衣服的衬里。我可以把我的胳膊伸——”

他说着伸出手去，却惊叫一声又缩了回来，似乎在半空中碰到了什么东西。“你的手指戳到我眼睛了，”真空中的声音恶狠狠地抗议道，“事实上我整个人都在这里，我的头、手、腿，还有身体的其他部位，只不过你们看不见我。这实在是讨人嫌，但我就是隐身的。不能因为这个，愚蠢的伊平乡巴佬就个个都想把我戳成碎片，对不对？”

那套衣服的纽扣此时已全部解开，松松垮垮地挂在看不见的支架上，双手叉腰地站着。

屋里又进来几个男人，所以变得很拥挤。“隐身人，嗯？”哈克斯特不理会陌生人的辱骂，“有谁听过这种事情？”

“也许是很奇怪，但又不犯法。警察凭什么袭击我？”

“啊！那是两码事，”杰弗斯说，“毫无疑问，我们是看不到你，不过我有逮捕令，这是完全正确的。我要抓的不是隐身人，而是入室窃贼。有户人家遭窃了。”

“嗯？”

“种种迹象表明——”

“胡说八道！”隐身人说。

“希望如此，先生。但我受命而来。”

“好吧，”隐身人说，“我跟你们走，我会跟你们走。但别铐我。”

“这是例行公事。”杰弗斯说。

“别铐我。”隐身人说。

"抱歉。"杰弗斯说。

他突然坐了下来，人们还在发愣呢，他就已经把拖鞋、袜子和裤子脱了下来，踢到桌子底下。然后他跳起来，将外套甩到一旁。

"喂，别脱了！"杰弗斯猛然意识到发生了什么事。他一把抓住马甲，马甲挣扎了一番，衬衫滑了出来，他手里只剩下一件又软又空的马甲。

"快抓住他！"杰弗斯大喊道，"一旦他把衣服脱光——"

"快抓住他！"所有人都喊着冲向那件飘动的白衬衫，它是目前陌生人全身上下唯一能看到的东西了。

霍尔刚张开双臂向他扑来，脸就被衬衫袖子击个正着，整个人向后跌倒在教堂司事老图斯桑姆怀里。过了片刻，衬衫被举了起来，剧烈地抖动着，两只空荡荡的袖管在上下摆动，像一个人从头顶脱衣服一样。杰弗斯紧紧抓着衬衫，不料反倒帮了他一把，把它扯了下来。接着他挨了一个大嘴巴，于是无法抑制地拔出警棍，却狠狠敲在泰迪·亨弗利脑袋瓜上。

"当心！"所有人都在大呼小叫地胡乱抵挡着，或是对着空气乱打一气。

“抓住他！把门关上！别把他跑了！我抓到了！他在这里！”完美的嘈杂声不绝于耳。似乎每个人都同时挨了打，桑迪·韦杰斯向来世故，鼻子挨了记重拳后清醒了许多，打开门带头溃逃。其他人不由自主地跟在后面，一时间都挤在门口的角落里动弹不得。殴打还在继续。一位论派信徒[1]菲普斯被打断一颗门牙，亨弗利的耳软骨挂了彩。杰弗斯的下巴挨了一拳，他转过身来，试图抓住挡在他和哈克斯特中间的东西。他触到一个强壮的胸膛。就在那一瞬间，这群挣扎前行、激动不已的人冲进了拥挤的门厅。

“我擒住他了！”被掐着脖子、气都喘不过来的杰弗斯喊道。他踉跄着从人丛中钻出来，脸色发紫、青筋凸起，与看不见的敌人搏斗着。

这场异乎寻常的打斗迅速地向大门席卷而去，人们左闪右躲地避让着。接着就沿着旅店门前的六级台阶翻滚而下。杰弗斯声嘶力竭地叫喊着，像被勒得快要窒息，但他仍然牢牢抓着对方不放，还用上了膝盖。直到连打了几个

1 一位论派信徒（Unitarian），一位论派是否认三位一体和基督的神性的基督教派别。此派别强调上帝只有一位，并不如传统基督教相信上帝为三位一体组成。

滚，脑袋重重地摔在砾石上，他才松开手指。

人们激动地叫喊着“抓住他”“隐身人”，诸如此类。一个不知姓甚名谁的年轻人立刻冲上前去，抓住了什么又脱了手，绊倒在村警俯卧的身躯上。街道中央有个女人被什么东西推了一下，吓得高声尖叫。一条狗显然被踢了一脚，尖叫着跑进哈克斯特的院子里。隐身人就这么逃逸了。人们惊奇地站在原地，用手比画了好一会儿，随后便惊慌地四散奔逃，像狂风吹散枯叶一样回到村里的各个角落。

只有杰弗斯还一动不动地躺着，脸朝天，双膝弯曲。

第八章
在途中

第八章极为简短，讲的是本地区业余博物学家吉宾斯的经历。当时他躺在开阔的绿色丘陵上，自认为方圆两三英里内连个鬼影都没有。可当他迷迷糊糊就要睡去时，突然听到身旁有人咳嗽、打喷嚏，还自言自语地骂骂咧咧。他环顾四周，却什么也没看到。然而那个声音无可争辩地存在着。骂声还在继续，内容有广度有趣味，听得出是一个有学养的人。声音越来越响，然后慢慢减弱，消失在远处，似乎是朝着阿德丁方向去了。最后又传来一阵痉挛性的喷嚏声，这才复归平静。吉宾斯对当天上午发生的事情一无所知。这件奇事令他震惊不已，扰乱了他平和宁静的心境。他赶忙起身，匆匆走下陡峭的丘陵，尽可能快地朝村里走去。

第九章
托马斯·马维尔先生

我得这样描绘托马斯·马维尔先生：丰富而柔软的脸上凸着一只圆柱形的鼻子，好吃的大嘴蠕动个不停，上翘的胡须甚为古怪。他体态偏胖，短小的四肢突出了这种倾向。他头戴一顶毛茸茸的丝绸帽子，纽扣常用麻绳和鞋带代替，尤其是衣服的关键部位，这表明他根本就是个光棍。

托马斯·马维尔先生坐在往阿德丁方向、离伊平约一英里半的绿色丘陵上，双脚放在路边的沟里。脚上没穿鞋子，只套着双镂空短袜，宽宽的大脚趾像警觉的狗的耳朵般竖着。他慢悠悠地——他做什么都慢悠悠地——在考虑试穿一双靴子。他很久没见到状况这么好的靴子了，美中不足的就是偏大了些。另一双靴子非常适合在干燥的天气里穿，但是鞋底太薄，碰到阴雨天麻烦就来了。托马斯·马维尔先生讨厌过大的靴子，但他也讨厌脚底湿漉漉的。他从没好好想过更讨厌哪一双。这天的天气真好，也没有更好的事可做，于是他把四只靴子整齐地放在草地上，打量着它们。看着青草和蓬勃滋生的龙芽草中的这两双靴子，他突然觉得它们都丑死了。当身后传来说话声时，他丝毫没有被吓到。

“总之是靴子。”那个声音说。

“是的，讨来的靴子，”托马斯·马维尔先生歪着脑袋，嫌恶地看着它们说，“哪一双是整个该死的宇宙中最丑的一双，我他妈的真不知道！”

“嗯。”那个声音说。

“我穿过更糟的，事实上，我还曾经不穿鞋。可没有比这两双更丑的了，请允许我这么说。这些天来我一直在讨靴子，因为我讨厌它们。当然，它们足够结实。可流浪的绅士见到过太多靴子了。相信我，在这个该死的郡里，我费了天大的劲，可除了这两双靴子外什么都没讨到。瞧瞧它们！总的来说，这个郡的靴子很好。以前我的运气还不错，十年来我在这个郡讨到不少靴子。可他们现在竟这样对待我。”

“这个郡很恶劣，”那个声音说，“人跟猪似的。”

“可不是？”托马斯·马维尔先生说，“上帝啊！但是他们的靴子！真的很棒。”

他转过头向右肩望去，想看看对方脚上的靴子，以便进行比较。啊！该有靴子的地方既没有腿也没有靴子。他又转过头向左肩望去，也没有看到腿和靴子。他感到万分惊奇。“你在哪里？”托马斯·马维尔先生回头四下张望，一骨碌爬了起来。他只看到一片空空的旷野，还有远处风中摇曳着的绿顶的荆豆丛。

“是我喝醉了吗？”马维尔先生说，“还是产生幻觉了？我在自言自语吗？到底怎么——”

“别害怕。”那个声音说。

“别用腹语对我说话，”托马斯·马维尔先生突然站起身来说，“你在哪儿？我害怕，真的！”

“别害怕。”那个声音重复道。

“马上就轮到你害怕了，你这个愚蠢的傻瓜，”托马斯·马维尔先生说，“你在哪儿？让我看到你——”

“你埋在地下吗？”托马斯·马维尔先生隔了一会儿说。

没有人回答。托马斯·马维尔先生光着脚站在原地，惊愕不已，外衣都快扯掉了。

“皮喂——”一只凤头麦鸡在远处鸣叫着。

“凤头麦鸡，果真是！”托马斯·马维尔先生说，“没工夫陪你瞎闹。”丘陵一片荒凉，周遭杳无人烟，由北向南的道路两旁是浅浅的沟渠和白色的界桩，放眼望去平坦而空旷，除了那只凤头麦鸡外，连蓝天也是空荡荡的。“上天作证，”托马斯·马维尔先生说着把外衣披在肩上，“是我喝多了！我就知道。”

“你没喝多，”那个声音说，“你要保持镇定。”

“噢！”马维尔先生斑驳的脸变得煞白，“是我喝多了，”他的嘴唇无声地翕动着。他睁大眼睛四处张望着，然后慢慢向后转去，“我起誓，我听到有人在说话。”他低声说。

“你当然听到了。”

“又来了，”马维尔先生说着闭上眼睛，以悲剧性的姿势紧紧按住额头。突然有人揪住他的衣领使劲摇晃，让他更加茫然不知所措。“别犯傻了。”那个声音说。

“我——完全——疯了，”马维尔先生说，“这可不好。为了该死的靴子烦躁不堪。我他妈的完全疯了，要不就是见鬼了。”

“两者都不是，”那个声音说，“听着！”

“我疯了。”马维尔先生说。

“稍等片刻！”那个声音变得很刺耳，因努力克制而微微发抖。

“嗯？”托马斯·马维尔先生说。他有一种奇怪的感觉，好像被一根手指戳到胸口。

“你以为我只是你的幻觉？是你的幻觉？”

“你不是我的幻觉是什么？”托马斯·马维尔先生揉着后颈间。

“很好，”那声音松了一口气说，“那我就向你扔火石，直到你改变主意。”

“但是你在哪里？”

那个声音没有作答。一块火石嗖的一声从空中飞来，差一点儿就打到马维尔先生的肩膀上。马维尔先生转过身，见一块飞石猛然飞向空中，画出一条复杂的弧线，然后飞速坠向他的双脚。他惊讶得忘了闪避。火石击中一根裸露的脚趾，反弹进了沟里。马维尔先生惨嚎一声，单腿跳着跑了起来，被一个未被看见的障碍物绊倒，倒栽葱摔坐在地上。

“现在，”那个声音说，第三块火石向上画了道弧线，悬在流浪汉的头顶上方，“我是你的幻觉吗？”

马维尔先生刚挣扎着站了起来，就被一把推翻在地。他静静地躺了一会儿。“你要是再挣扎，”那个声音说，“我就用火石砸你的脑袋。”

“很公平，”马维尔先生坐起身，握着受伤的脚趾，注视着第三块石头，“我不明白。石头自己会飞，还能说话。把你自己放下来，烂掉吧。我糊涂了。”

第三块火石掉了下来。

“很简单，”那个声音说，“我是个隐身人。”

“跟我解释一下，”马维尔先生痛得直喘气，说，“你藏在哪里？你是怎么做到的？我不知道。把我完全弄糊涂了。”

“就是这样，”那个声音说，“我是个隐身人。我就是要你明白这一点。”

“这一点谁都明白。先生，你没必要那么不耐烦。喂，给我说说。你是怎么藏起来的？”

“我是隐身人。这是重点。我要你明白的就是这——”

“可是你在哪里呢？”马维尔先生打断道。

“这儿！在你前面六码。”

“噢，别这样！我又不是瞎子。接下来你要说你是空气了吧。我可不是那种愚昧无知的流浪汉——”

“是的，我是空气。你的目光正在穿透我。”

“什么！你难道没有肉身？说话声是怎么回事？叽里咕噜的。只有说话声？”

"我就是一个人——有血有肉，要吃要喝还要穿，但是别人看不见我。明白了吗？我是隐身的。很简单的道理。隐身的。"

"什么，是真的吗？"

"是真的。"

"那你把手伸过来，"马维尔说，"如果你是实实在在的人，就不会那么异常——上帝啊！你吓了我一跳！抓得那么紧！"

马维尔感觉到一只手紧紧抓住了他的手腕。他胆怯地用空出来的手顺着胳膊往上摸，轻轻拍了拍强壮的胸膛，摸了摸长着大胡子的脸。马维尔面露惊异之色。

"他妈的！"他说，"比斗鸡还要有意思！太奇妙了！我能透过你看到半英里外的一只兔子！我一点都看不见你，除了——"

他仔细审视着眼前的空气。"你刚才吃了面包和奶酪，对不对？"他握着看不见的胳膊问道。

"你说得很对，还没有完全被消化系统吸收。"

"啊！"马维尔先生说，"不过是有点像鬼。"

"当然，这一切并没有你想象的那么奇妙。"

"对我这种要求不高的人来说已经够奇妙的了，"马维尔先生说，“你是怎么做到的！这到底是怎么做到的？”

“说来话长，而且——”

“我告诉你，整件事情让我一头雾水。”马维尔先生说。

“我现在想说的是，我需要帮助。我走到了这步田地——突然撞见了你。我一丝不挂地在外游荡，愤怒得发狂却无计可施。我想杀人，然后我看见你了——”

“上帝啊！”马维尔先生说。

“我走在你身后，犹豫了一下，走开了——”

马维尔先生的表情很传神。

“然后我停住了，心想，‘这个人，是个像我一样的社会弃儿。他就是我要找的人。’于是我又转过身来找你——你。接着——”

“上帝啊！”马维尔先生说，“听得我头脑发晕。我能问一下？你需要什么样的帮助？——隐身人！”

“我希望你帮我找些衣服、找个住处，还有些别的东西。我已经离开它们够久了。如果你不愿意，好吧！但你会帮忙的——不帮也得帮。”

“听着，”马维尔先生说，“我太震惊了。别再打搅我了，放我走吧。我得静一静。我的脚趾头差点被你弄断了。这也太不合理了。空荡荡的丘陵，空荡荡的天空。方圆几英里除了大自然的温暖怀抱什么也看不到。然后传来一个声音。一个来自天堂的声音！还有石头！还有拳头——上帝啊！”

“振作起来，”那个声音说，“因为你必须按照我的指示去做。”

马维尔先生两腮鼓起，双眼圆睁。

“我选择了你，”那个声音说，“除了那儿的那些傻瓜，你是唯一知道隐身人这回事的人。你得做我的帮手。帮我做事，我会给你莫大的回报。隐身人可有能耐了。”他暂停片刻，使劲打了个喷嚏。

“如果你出卖我，”他说，“如果你没有按照我的指示去做——”

他停下来，潇洒地拍了拍马维尔先生的肩膀。马维尔先生吓得大叫一声。“我不会出卖你的，”马维尔先生边说边躲开隐身人的手指，“无论你做什么，你都不要那么想。我特别想帮你——把任务交代给我就好。上帝啊！无论你要我做什么，我都心甘情愿。”

第十章
马维尔先生的伊平之行

最初的恐慌过后，伊平村陷入了争辩。怀疑论突然抬头，是神经质的怀疑论，觉得完全不可思议，反正就是怀疑。不相信隐身人的存在要容易得多，而那些亲眼看到他遁入空气或领教过他臂力的人，用两只手就数得过来。目击证人中，韦杰斯先生不见了踪影，龟缩在自家牢不可破的门闩后面，而杰弗斯则惊愕地躺在车马旅店的客厅里。对伊平村的男男女女来说，超越经验的奇思怪想往往不及看着虽小但摸得着的东西。圣灵降临节这天，小彩旗在伊平上空喜气洋洋地飘扬，人人都穿着节日的盛装，这一天他们已经翘首期盼了一个多月。到了下午，连相信隐身人的村民也开始试探性地玩起了小游戏，他们猜测他早就走了，而对于怀疑论者来说，他已经成了一个玩笑。总之，怀疑论者和非怀疑论者都度过了十分热闹的一天。

海斯曼家的草地上搭着一顶欢乐的帐篷，邦廷太太和几位女士在里面准备茶点。主日学校的孩子们在赛跑和玩游戏，助理牧师、卡斯小姐和萨克布特小姐在大声地指导他们。毫无疑问，空气中有一丝丝不安的气氛，但大多数人都在有意识地掩盖内心的疑虑。村里的公共绿地上有一根斜拉着的绳子，抓紧滑轮可以从绳子一端猛地滑向另一端的麻袋，这个游戏深受青少年的青睐。还有村民在荡秋千、打椰子或是散步，一架连在秋千上的蒸汽风琴让空气中充满了强烈的油味和同样强烈的音乐。俱乐部的会员们早上去过教堂，他们佩戴着粉色和绿色的徽章，个个光彩夺目，还有更爱表现的人用鲜艳的彩带装饰他们的圆顶礼帽。老弗莱彻的过节观念很强，透过窗前的茉莉花或是开着的门，你能看见他小心翼翼地站在两把椅子撑起的一块木板上，粉刷着客厅的天花板。

大约四点，一个陌生人从丘陵方向进入村内。他身材矮胖，头戴一顶破破烂烂的大礼帽，一副上气不接下气的样子。他的双颊时鼓时瘪，斑驳的脸上面带忧色，步伐轻快却显得不太情愿。他在教堂边拐了个弯，朝车马旅店走去。老弗莱彻记得看到他了，诚然，他奇怪的紧张感给这位老绅士留下了非常深刻的印象，以致石灰水顺着刷子流进外套袖筒也没在意。

打椰子游戏摊的老板说他似乎在自言自语，哈克斯特先生也这么说。他在车马旅店的台阶前停下脚步，据哈克斯特先生说，他好像经历了一番激烈的思想斗争，才说服自己走进旅店。最终他踏上了台阶，哈克斯特先生看见他往左一拐，去开客厅的门。哈克斯特先生听到声音从屋内和酒吧间传来，说他走错地方了。“那是私人房间！”霍尔说。陌生人笨手笨脚地把门关上，朝酒吧间走去。

几分钟后，他又出现了，心满意足地用手背擦了擦嘴唇。不知怎的，哈克斯特先生觉得那是装出来的。他东张西望了一会儿，然后哈克斯特见他鬼鬼祟祟地朝院子的门走去，客厅的窗户就对着院子。陌生人犹豫了一下，靠在门柱上，掏出一只短柄陶土烟斗，准备装烟丝。装烟丝的时候，他的手指抖个不停。他笨拙地点燃烟斗，交叉着双臂，懒洋洋地抽了起来。但他不经意间朝院子里的迅速一瞥，暴露了这副懒散模样完全是装出来的。

隔着烟草窗前的小圆罐，哈克斯特先生目击了这一切。这人的行为举止太异常了，他决定继续观察下去。

陌生人突然起身，把烟斗放进口袋里，随即消失在院子里。哈克斯特先生认为他看到了一桩小窃案，便立即翻过柜台，冲到街对面去抓小偷。这时候马维尔先生出来了，帽子歪戴，一只手拿着一个蓝色桌布裹着的大包裹，另一只手拎着三本捆在一起的大簿子（后来发现是用牧师的吊裤带绑的）。看见哈克斯特，他倒抽了一口气，急忙左拐，撒腿就跑。“抓小偷啊！”哈克斯特叫着追了上去。

对哈克斯特先生来说，接下来的回忆鲜活却短暂。他看见那人就在他前面，朝教堂的拐角处和丘陵方向飞奔而去。他看到村里的彩旗和远处的庆典，有一两个人转过头来看着他。他大喊着“抓小偷”，勇敢地继续追去。可才追了不到十步，他的小腿就被什么东西神秘地绊住了。他跑不起来了，接着就以不可思议的速度飞了出去。他的脸和地面来了次亲密接触，整个世界瞬间溅起上百万个金星，随后发生的事情他就不再关心了[1]。

---

1 随后发生的事情他就不再关心了（subsequent proceedings interested him no more），引自美国西部文学作家布勒特·哈特写的一首诙谐诗。

第十一章
车马旅店

为了弄清楚车马旅店里发生了什么事，我们有必要回溯到哈克斯特先生隔着烟草窗看到马维尔先生的那一刻。当时卡斯先生和邦廷先生正在客厅里认真地调查早晨发生的怪事。经由霍尔先生同意，他俩对隐身人的行李进行了彻查。摔得半死不活的杰弗斯已经恢复了一些，被几个好心的朋友送回家了。霍尔太太把房间清扫了一下，收走了隐身人散落的衣服。窗下隐身人工作的桌子上，卡斯几乎一眼就看到了三大本写着“记事簿”字样的簿子。

“记事簿！”卡斯说着把三本簿子放到桌上，“无论如何，我们有点线索了。”牧师站在桌前，手按着桌子。

“记事簿，”卡斯又说了一遍，坐下，用前两本支撑第三本，然后打开，“噢——扉页上没有名字。真讨厌！密码，还有数字。”

牧师走过来，顺着他的肩头看去。

卡斯一脸失望地翻着簿子。“哦，天哪！全是密码，邦廷。”

“没有图表吗？”邦廷先生问道，“没有方便理解的插图？”

“你自己看吧，”卡斯先生说，“有些是数学上的，有些是俄文之类的文字（根据字母判断），有些是希腊文。你好像懂希腊文吧——”

“当然，”邦廷先生掏出眼镜擦了擦，突然觉得很不自在，因为他的那点希腊语水平真的不值一提，“是的——希腊文，当然可以提供些线索。”

“我给你找一段。”

“我还是先浏览一下吧，”邦廷先生仍在擦眼镜，“先有个大概的印象，卡斯，然后，你知道，我们再去找线索。”

他咳嗽了一声，戴上眼镜，挑剔地扶着镜框，又咳嗽了一声，暗地里希望此刻能有事发生，让他看似不可避免的出丑能够得以避免。他慢悠悠地接过卡斯递来的记事簿。就在这一刻，还真有事发生了。

门突然开了。

两位绅士猛地站了起来，见门口站着个人，当他们看到一顶毛茸茸的丝绸帽子下面是一张斑驳的红脸时，这才松了一口气。“酒吧间？”那张脸瞪着眼睛问道。

“不是。”两位绅士同时作答。

“在那一边，伙计。”邦廷先生说。

“请把门关上。”卡斯先生气鼓鼓地说。

“好的。”闯入者低声说。吊诡的是，与刚才粗嘎的嗓音不同。

“你说得对，”闯入者用刚才粗嘎的嗓音说，“站开！”他出去了，带上了门。

“是个海员，我判断得出，”邦廷先生说，“他们很有趣。站开！真的。我想那是航海术语，指的是退出房间。”

“今天我的神经很松弛。吓了我一大跳——门就这么打开了。”卡斯说。

邦廷先生笑了笑，好像他没被吓着似的。“现在，”他叹了口气说，“这些簿子。”

“稍等，”卡斯说着跑去把门锁上了，“这下我们不用担心被人打扰了。”

这时有人抽了下鼻子。

“有件事无可争辩，”邦廷说着拉了把椅子坐到卡斯旁边，“可以肯定，这几天伊平发生了一些怪事——非常奇怪的怪事。我当然不相信隐身人的存在，这个说法太荒唐了——”

“太难以置信了，”卡斯说，“太难以置信了。但我确实看到了——我亲眼看到他的衣袖里面空空如也——”

“但是你——你确定吗？举例来说，如果有一面镜子，就很容易产生幻觉。我不知道你有没有见过真正厉害的魔术师——”

“我不跟你争论了，”卡斯说，“我们已经反复讨论过了，邦廷。还是来看这几本记事簿吧——啊！我认为这些一定是希腊文！希腊字母无疑。”

卡斯指向那一页的中间。邦廷先生脸色微微泛红，凑近去看，像是眼镜不大好使。他的脖子后面突然有一种异样的感觉。他试图抬起头来，却遇到了坚定不移的阻力。那股子阻力很奇特，来自一只沉重而坚决的手，它紧紧抓住他的颈背，将他的下巴不可遏止地压向桌面。“别动，小伙计，”一个声音低声说，“再动我就把你们的脑袋打开花！”他瞥了眼旁边的卡斯，两人都从对方脸上看到了惊惧之色。

“很抱歉这么粗暴地对待你们，”那个声音说，“但这不可避免。”

“你们什么时候学会窥探一个研究员的私人日志的？”

话音刚落，两个下巴同时往桌子一撞，两副牙齿格格作响。

“你们什么时候学会闯入一个不幸者的私人房间的？”撞击声再度响起。

“他们把我的衣服放哪儿了？”

“听着，”那个声音说，“窗户被我关牢了，门上的钥匙也拔掉了。我非常强壮，除了你们看不见我外，我手上还有一根拨火棒。毫无疑问，我可以杀了你们再轻松逃走，只要我想——你们明白吗？很好。如果我放你们一条生路，你们能保证不干傻事，并且照我的话去做？”

牧师和医生面面相觑，医生做了个鬼脸。“能保证。”邦廷先生说，医生也跟着说了一遍。掐着脖子的手松开了，医生和牧师坐了起来，脸涨得通红，扭动着脑袋。

“请坐在原地，”隐身人说，“你们瞧，拨火棒。”

“当我走进这间屋子时，”隐身人拿拨火棒指了指两人的鼻尖，接着说道，“我没料到里面有人。我来拿我的衣服和记事簿。我的衣服在哪里？别——别站起来。我看到衣服不见了。现在这个天气，白天很暖和，一个隐身人可以赤条条地跑来跑去，但到了晚上就冷得难受了。我需要衣服和膳宿，我还必须拿走那三本记事簿。”

第十二章 隐身人大发雷霆

很无奈，由于一个痛苦的原因，叙述不得不再次中断。原因马上就会揭晓。当客厅里的戏码正在上演的时候，哈克斯特先生正在监视靠在门上抽烟斗的马维尔先生。与此同时，霍尔先生和泰迪·亨弗利正在十二码外的地方疑惑不解地讨论隐身人的话题。

突然，客厅的门砰的一声响，伴随着一声尖叫，然后复归寂静。

“嘿！”泰迪·亨弗利喊道。

“嘿！”酒吧间里的人喊道。

霍尔先生反应虽慢，但行事稳健。“不大对。”他说着从吧台后面走出来，朝客厅走去。

他和亨弗利一块儿来到客厅门口。他们审视着周遭，脸上露出急切的神情。“有点不对劲。”霍尔说，亨弗利点头表示同意。他们闻到一股令人不快的化学气味，还听到低沉的谈话声，嗓子压得很低，语速飞快。

“你们没事吧？”霍尔笃笃地敲门道。

含混不清的谈话声戛然而止，安静了一会儿，又传来嘶嘶的轻声轻语，然后是一声尖叫：“不！不，你不能！”接着是一阵骚动，一把椅子被掀翻了，有人搏斗了片刻。又安静下来。

“究竟是怎么回事？”亨弗利低声喊道。

“你们——没事吧？”霍尔先生厉声问道。

“我们很——好，请不要——打搅我们。”牧师的语调断断续续的，听起来有些反常。

“真怪了！”亨弗利先生说。

“真怪了！”霍尔先生说。

“他说不要打搅他们。”亨弗利说。

“我也听到了。”霍尔说。

“还抽了下鼻子。”亨弗利说。

他们继续听着。谈话声压得很低，语调急促。

“不可以，”邦廷先生提高嗓门说，“我告诉你，先生，这可不行。”

“他在说什么？”亨弗利问。

“他说这可不行，”霍尔说，“不会是在对我们说吧？”

“太丢脸了！”屋里的邦廷先生说。

“他说太丢脸了，”亨弗利先生说，“听得很清楚。”

“现在是谁在说话？”亨弗利问。

“我觉得是卡斯先生，”霍尔说，“你能听到什么吗？”

里面静悄悄的。声音模糊不清，令人困惑。

“像是在扯桌布。”霍尔说。

霍尔太太出现在吧台后面。霍尔做了个手势，让她不要出声，过来一起听。霍尔太太对丈夫可不会言听计从。“霍尔，你在那里听什么？”她问，“今天这么忙，你就没别的事可做吗？”

霍尔试图用表情和手势来跟她解释，但是霍尔太太很执拗，甚至还提高了嗓门。霍尔和亨弗利沮丧不已，只好轻手轻脚地回到酒吧间，边走边跟她打着手势。

起初她压根不关心他们听到了什么。然后她硬要霍尔闭嘴，只听亨弗利一个人讲。她倾向于认为他们在瞎掰——也许邦廷和卡斯只是在挪动桌椅。

“我听到他说太丢脸了。”霍尔说。

“我也听到了，霍尔太太。”亨弗利说。

“不管怎样——”霍尔太太开始说。

“嘘！”亨弗利先生说，“我听到窗子有动静？”

“哪个窗子？”霍尔太太问。

“客厅的窗子。”亨弗利说。

他们站着凝神静听。霍尔太太直勾勾地望着旅店明晃晃的矩形大门、门外生动的白色街道，以及对面杂货店被六月的阳光晒得起泡的门脸。突然间，杂货店的店门打开了，哈克斯特冒了出来，眼睛里透着兴奋，抡胳膊打着手势。“来人呐！”哈克斯特喊道，“抓小偷！”他斜刺里穿过矩形大门，朝院子的门跑去，接着就从视线中消失了。

与此同时，客厅里传来一阵喧哗，夹杂着关窗的声音。

霍尔、亨弗利和酒吧间里的其他人一窝蜂地冲到了街上。他们看见一个人转过教堂的拐角，往丘陵方向飞奔。哈克斯特先生在空中完成了一个复杂的跳跃动作，直接脸和肩膀着地。街边的人们惊愕地站着，或是向他们跑去。

哈克斯特先生摔晕了过去。亨弗利停下来查看他的伤势，霍尔和酒吧间里的两个伙计则一路追到教堂的拐角，边追边语无伦次地大声嚷嚷。他们看到马维尔先生消失在拐角处，便仓促下了一个完全不可能的结论：那个隐身人突然现形了。于是他们沿着小路继续猛追。但霍尔才跑了不到十二码就惊叫一声，头朝前横着飞了出去，他一把抓住两个伙计中的一个，弄得后者也被掀翻在地。像是一位足球运动员被对手铲倒了。另一个伙计绕过来盯了几眼，以为霍尔是自己摔倒的，便转过身继续追赶，结果脚踝被人一绊，跟哈克斯特的遭遇如出一辙。当第一个伙计挣扎着站起来时，迎接他的是一脚势大力沉、足以踢翻一头阉牛的侧踢。

他倒下去的时候，一帮人从村里的公共绿地那边赶来了。先是打椰子游戏摊的摊主，一个穿着蓝色针织套头衫的魁梧男人。他惊讶地发现整条小路上空荡荡的，除了这三个摔得横七竖八的人外再无一人。就在这时，他靠后的脚出了状况，身体朝前一冲，接着就往边上滚去，正好扫到他哥哥和合伙人的脚。他俩也跟着朝前一冲，后面一群操之过急的村民有的踢到了他俩，有的跪倒或摔倒在他俩身上，还有的对他俩一通臭骂。

霍尔、亨弗利和两个伙计追出去时，霍尔太太留守在了酒吧间的收银柜旁。这是多年经验带来的习惯。客厅的门骤然打开，卡斯先生跑了出来，没有瞥她一眼就径直冲下台阶，朝教堂拐角奔去。“抓住他！”他喊道，“别让他把包裹给扔了！只要他拿着包裹，我们就能看见他。”他压根不知道还有个马维尔，因为隐身人是在院子里把包裹和记事簿交给马维尔的。卡斯先生的脸上写着愤怒和坚决，可他的穿着却有着缺陷，是一条柔软的白色褶裥短裙，只有在希腊才能穿得出去。“抓住他！”他大喊道，“他拿走了我的裤子！还扒光了牧师的衣服！”

“马上就来照顾他！”经过趴在地上的哈克斯特时，他对亨弗利喊道。卡斯绕过街角，加入喧哗的人群，随即就被人撞倒，摔了个嘴啃泥，手指还被一个全速奔逃的家伙重重地踩了一脚。他大嚷大叫地挣扎着站了起来，紧接着又被人撞得匍匐在地。他意识到这不是一场追捕，而是一场溃败。所有人都在掉头朝村里跑。他又站了起来，这次耳朵后面挨了重击。卡斯跌跌撞撞地往车马旅店跑，半路上跳过被抛弃的哈克斯特，他这时已经坐了起来。

走到旅店的台阶中央，他身后突然传来一声怒吼，在嘈杂的叫喊声中尤为刺耳，还有一记清脆的耳光声。他听出那是隐身人的嗓音。像是遭到痛苦的一击后勃然大怒。

过了一会儿，卡斯先生回到了客厅。“他回来了，邦廷！”他冲进来说，“保命要紧！他气疯了！”

邦廷先生站在窗边，试图用炉前的地毯和一张《西萨里公报》裹住身子。“谁回来了？”他吓了一跳，“衣服”差点散架。

“隐身人，”卡斯说着向窗子冲去，“我们得赶紧离开这里！他怒火冲天！冲天！”

卡斯转眼就到了院子里。

“天哪！”邦廷先生在两个可怕的选择之间犹豫不决。直到走廊里响起骇人的搏斗声，他才作出决定，爬出了窗外。他匆匆整了整自己的“衣服”，迈开两条肥胖的小短腿，尽快地向村里逃去。

从隐身人发出怒吼、邦廷先生令人难忘地逃往村里的那一刻起，发生在伊平的这件事就没法再连贯地叙述了。也许隐身人的初衷只是想掩护马维尔带着衣服和记事簿撤退。但是他的脾气向来火爆，由于意外挨了一拳，便怒发冲冠，毫不犹豫地见人就暴打，仅仅为了从伤害别人中获得满足感。

你一定能想象满街都是奔跑的身影，到处都是砰砰的关门声，人们为了藏身之处你争我抢；你一定能想象骚动的人群破坏了站在两把椅子撑起的一块木板上的老弗莱彻的平衡，招致了灾难性的结果；你一定能想象一对情侣被一架秋千缠住时的心惊肉跳。乱哄哄的狂奔过去之后，挂着艳俗饰物和彩旗的伊平街上不见一个人影，只剩下盛怒中的隐身人、被掀翻的帆布屏风、扔了一地的椰子，以及一个撒了一地糖果的摊位。关窗闩门的声音此起彼伏，窗户一角偶尔闪过一只扬着眉的眼睛，那是唯一还能看到的人。

为了逗自己开心，隐身人把车马旅店的每块窗玻璃都砸碎了，然后他把一盏路灯从窗户猛地塞进了格里布尔太太家的客厅。也一定是他把希金斯家旁边的电报线给割断了，那条电报线通往阿德丁。在那之后，由于他的奇诡特质，他完全脱离了人类的感知，他在伊平再也听不到、看不到、摸不着了。他完全消失了。

但这是两个小时里最美好的部分，终于有人壮着胆子走上荒凉的伊平街。

第十三章
马维尔先生打退堂鼓

黄昏来临的时候，伊平才开始胆怯地向外张望这个公共假日的残骸。就见一个戴着破旧丝绸帽子的矮胖男人，穿过山毛榉树林后面的暮色，痛苦地走在通往布兰布尔赫斯特的路上。他一只手拎着三本用一种装饰性的松紧带捆在一起的簿子，另一只手拿着一个蓝色桌布裹着的大包裹。他通红的脸上流露出惊愕和疲惫，步履匆匆却断断续续。他身边有个声音如影相随，一只看不见的手不时碰他一下，弄得他时不时就皱眉蹙额。

“你要再敢逃跑，”那个声音说，“如果你再企图逃跑——”

“上帝啊！”马维尔先生说，“我的肩膀青一块紫一块的。”

“我以名誉担保，”那个声音说，“我会杀了你。”

“我没有企图逃跑，”马维尔的声音都快成哭腔了，“我发誓我没有。我不知道那个该死的拐弯处，就是这样！我怎么会知道那个该死的拐弯处呢？事实上，我为这个挨了揍——”

“如果你不介意，你会被揍得更狠。”那个声音说。马维尔先生突然沉默了。他鼓起腮帮子，眼里流露出绝望的神情。

“单是被这些乡巴佬知道我的小秘密就已经够糟的了，你还打算带着我的簿子逃跑。他们逃得挺快，算他们走运！在这里——没有人知道我是隐身人！现在我该怎么办？”

“我该怎么办？”马维尔低声问道。

“会沸沸扬扬的。会上报纸的！所有人都在寻找我，所有人都在提防我——”那个声音生动地骂了起来，然后停住了。

马维尔先生的脸上更显绝望，脚步也放慢了。

“快走！”那个声音说。

马维尔先生斑驳的红脸上泛起淡淡的灰色。

“别把簿子掉地上，你个蠢货。”那个声音追上他，毫不客气地说。

“事实上，”那个声音说，“我就得利用你。你是个可怜的工具，但我必须这么做。”

“我是个悲惨的工具。”马维尔说。

“没错。”那个声音说。

“我是你能找到的最糟糕的工具。”马维尔说。

“我不够强壮。”他气馁地沉默了一会儿后说。

“我不够强壮。”他重复道。

“是吗？”

“我的心脏不好。那件小事——当然我挺过来了，但是谢谢你！我可能会半途而废。”

“嗯？”

“我没有勇气和力量去做你要我做的事。”

“我会鞭策你的。”

“你还是别鞭策我吧。我不想把你的计划搞砸，你知道。可是出于十足的恐惧和痛苦，我可能会搞砸——”

“你最好别搞砸。”那个声音平静地强调说。

“我希望我已经死了。”马维尔说。

“这不公平，”他说，“你必须承认——我完全有权利——”

“快走！”那个声音说。

马维尔先生加快了脚步，他们又陷入沉默。

“简直太难了。”马维尔先生说。

一点效果也没有。他改变了策略。

“对我有什么好处呢？”马维尔换了一种语气说道，声音里充满着难以忍受的委屈。

“噢！给我闭嘴！”那个声音一下子变得铿锵有力起来，“我会照顾好你的。按我的吩咐去做，你会做得很好的。你真是个傻瓜，但是你会做——”

“我告诉你，先生，我不适合做这种事。我尊敬你，但事实如此——”

“你再不闭嘴，我又要拧你的手腕了，”隐身人说，“让我想一想。”

两道黄光透过树林，一座教堂的方塔在暮色中阴森森地赫然耸现。“走进村庄的时候，我会把手放在你肩膀上，”那个声音说，“径直往前走，别干蠢事。你要是耍花样，我一定让你吃不了兜着走。”

“我明白，”马维尔先生叹了口气说，“我都明白。”

戴着过时丝绸帽子的他一脸愁容，拎着东西穿过小村庄的街道和亮着灯的窗户，消失在一片漆黑中。

第十四章

斯托港

翌日早上十点，马维尔先生坐在斯托港[1]近郊一家小旅馆外的长凳上。他胡子没刮、风尘仆仆，浑身脏兮兮的，双手插在口袋里。他时不时地鼓起腮帮子，看上去疲惫不堪、紧张不安。记事簿就在他旁边，现在改用绳子捆着。由于隐身人计划有变，那个包裹已经被遗弃在布兰布尔赫斯特外的松林里。马维尔先生坐在长凳上，虽然根本没人注意到他，但他仍然相当焦虑。他老把手伸进身上的几个口袋，神情紧张地胡乱摸找，显得很怪异。

他在那儿坐了将近一个小时后，一个老海员拿着一份

---

1 斯托港（Stowe），一个虚构的港口，或以朴次茅斯港为原型。

报纸从旅馆出来，坐在他旁边。

“天儿不错。”海员说。

马维尔先生惊恐地环顾四周。“非常不错。”他说。

“这天气很合时令。”海员没有否认。

“是这样。”马维尔先生说。

海员拿出一根牙签，专注地剔了几分钟牙。与此同时，他仔细地打量着马维尔先生脏兮兮的身躯和身旁的簿子。刚才走近马维尔先生时，他分明听到了钱币落袋的声音。此人的外表与这个声音所代表的富有形成鲜明的对比，令他啧啧称奇。他的思绪又回到一个牢牢抓住他的想象力的话题上。

“那是簿子？”他突然发问，聒噪地结束了剔牙。

“哦，是的，它们是簿子。”马维尔先生吃了一惊，看着它们说。

“簿子里面有奇怪的东西。”海员说。

“你说得对。”马维尔先生说。

“簿子外面也有奇怪的东西。”海员说。

“也对。”马维尔先生说。他看了看对方，然后环顾四周。

“譬如报纸上就有奇怪的东西。”海员说。

“是的。”

“在这张报纸上。”海员说。

“啊！”马维尔先生说。

“有一篇报道，”海员盯着马维尔先生说，眼神坚定而从容，“一篇关于隐身人的报道。”

马维尔先生歪着嘴，挠了挠腮，觉得耳朵发烫。“故事发生在哪里啊？”他淡淡地问，“奥地利还是美国？”

“都不是，”海员说，“就发生在这里！”

“上帝啊！”马维尔先生说。

“我说的这里当然不是指我们现在坐着的地方，我是指这一带。”海员的话让马维尔先生如释重负。

“一个隐身人！”马维尔先生说，“他干了些什么？”

“什么都干了，”海员用眼神控制着他，然后进一步说道，“什么该死的事都干了。”

“我有四天没看报纸了。”马维尔说。

“他最早出现在伊平。”海员说。

“真的！”马维尔先生说。

“他在那里出现，至于他来自何方，没有人知晓。看这里：《伊平奇事》。这篇报道称证据非常确凿——非常确凿。”

“上帝啊！”马维尔先生说。

“不过，这是一个离奇的故事。一位牧师和一位医生是目击者，他们觉得他挺正常、挺像样的，或者至少没有看到他的真面目。报上说他住在车马旅店，没有人知道他的不幸，报上说没人知道他的不幸，直到有一天旅店里发生争吵，他头上的绷带被扯了下来。人们这才发现他的头是看不见的。他们立刻上去逮他，但他脱掉衣服，成功地逃脱了。不过逃脱前还是经历了一场殊死的搏斗，报上说他把我们可敬又能干的村警 J. A. 杰弗斯先生打成重伤。很开诚布公的报道，是不是？有名有姓，样样不缺。”

“上帝啊！太令人惊讶了。”马维尔先生焦虑不安地四下张望，试图光凭手指的触觉数清兜里的钱，满脑子都是新奇的想法。

“可不是？我称之为离奇。我从没听说过什么隐身人，从来没听说过，不过现在离奇的事情层出不穷。”

“他就干了那些事情吗？”马维尔问道，努力表现得很自在。

“还不够吗？”海员说。

“万一又杀回去呢？”马维尔问道，“就这么逃走了，没有下文了，嗯？”

“没有下文了！”海员说，“哎呀！这还不够吗？”

“足够了。”马维尔说。

“我觉得这已经足够了，”海员说，“我觉得已经足够了。”

“他没有哥们儿吗——报上没提到他有哥们儿，是吧？”马维尔先生焦急地问。

“一个还不够你受的？”海员问道，“没有，谢天谢地，我们不妨这样说，他没有哥们儿。”

他缓缓点了点头。“一想到那家伙在乡间四处流窜，我就觉得浑身不舒服！他依然在逃，有迹象表明，他正在往斯托港方向逃窜。你瞧，就发生在我们身边啊！不是发生在美国。想想他会干些什么！他喝多了想袭击你怎么办？他想抢劫你谁能阻止得了？他可以擅闯私地，可以破门盗窃，可以轻松穿过警察组成的警戒线，就跟你我甩掉一个瞎子一样轻松！甚至更加轻松！据我所知，瞎子的听觉非常灵敏，只要哪里有酒——”

“他当然有很大的优势，”马维尔先生说，“还有——嗯……”

“你说得对，”海员说，“他有。”

马维尔先生一直在专注地环视四周，竖耳倾听轻微的脚步声，试图察觉不易察觉的动作。他似乎下了很大的决心，用手捂着嘴咳了一声。

他又看了眼周围，仔细听了听，然后俯过身来压低声音说："事实上——我碰巧对这位隐身人略知一二。来自私人渠道。"

"啊！"海员饶有兴趣地说，"你？"

"是的，"马维尔先生说，"我。"

"真的！"海员说，"我可以问一下——"

"你会大吃一惊的，"马维尔先生捂着嘴说，"太棒了。"

"真的！"海员说。

"实际上——"马维尔先生用隐秘的语气急切地说道。

突然间，他脸色大变。"哎哟！呀！"他直挺挺地站了起来，脸上写满痛苦。

"你怎么了？"海员关切地问。

"牙疼，"马维尔先生把手放在耳朵上说。他抓起那几本簿子。"我想我得走了。"他沿着凳子慢慢地从海员身边挪开，感觉很奇怪。

"可是你正要跟我讲隐身人的事！"海员抗议道。

马维尔先生像是在跟自己商量。

"骗局。"一个声音说。

"是个骗局。"马维尔先生说。

"报纸上白纸黑字登载着呢。"海员说。

"照样是骗局，"马维尔说，"我认识这个谎言的始作俑者。根本就没有什么隐身人——哎呀。”

“那这张报纸是怎么回事？你是说——？”

“没有一句真话。”马维尔断然地说。

海员手里拿着报纸，干瞪着眼。马维尔先生神经质地东张西望。“等一下，”海员站起来慢慢地说，“你是说——？”

“是的。”马维尔先生说。

“你明知道是一堆该死的谎话，还让我一五一十地讲给你听？让一个大男人出洋相有意思吗？嗯？”

马维尔先生鼓起了腮帮子。海员顿时满脸通红，握紧拳头。“我在这儿讲了十分钟，”他说，“而你，你这个大肚皮糙脸皮的小个子狗娘养的，连最基本的礼貌都没有——”

“你是要跟我吵架？”马维尔先生说。

“吵架！我可是个乐天派——”

“走吧。”一个声音说。

马维尔先生猛地转过身来，迈着怪异的步子走开了。

“你最好滚远点。”海员说。

“谁滚远点？”马维尔先生说。他歪斜着身子，步伐匆忙又奇特，偶尔还猛然向前一冲。走了一会儿，他开始喃喃自语，一边抗议一边反驳。

“愚蠢的家伙！”海员叉着两腿，双手叉腰，看着渐渐远去的身影，“我要证明给他看看，这头蠢驴，捉弄我！报纸上登载着呢！”

马维尔先生边走边含混不清地反驳着，在拐弯处不见了人影，但是海员仍然威风八面地站在路中央，直到一辆屠夫的马车将他强行赶走。他转身朝斯托港方向走去，“到处都是奇怪的蠢驴，”他轻声对自己说，“想杀杀我的气焰，愚蠢的鬼把戏——报纸上登载着呢！”

他很快又听说一件怪事，发生在离他不远的地方。就在当天早上，在圣迈克尔巷拐角处，有人看到“一大把钱”沿着墙壁向前飞去（没有人拿着它）。目击这幅奇景的也是一名海员。他立即上前去抢，却被推了个倒栽葱，等他站起来时，像蝴蝶般飞着的钱已经不翼而飞。我们这位海员说他愿意相信任何事情，可这件事情实在太过分了 。事后他认真思索了一番。

“飞行的钱”的故事是真的。光天化日之下，整个地区的门都完全洞开，大到庄严的伦敦郡银行[1]，小到商店和旅

---

1 伦敦郡银行（London and County Banking Company），伦敦真实存在的一家银行，创立于1836年，原名为The Surrey, Kent & Sussex Banking Company。

店的收银柜，都有成把成串的钱被悄悄地、灵巧地盗走，然后沿着墙壁和背阴处静静飞行，迅速躲开目击者的眼睛。神秘飞行的终点始终如一，就是那位戴着过时的丝绸帽子、坐在斯托港近郊小旅馆外面的焦虑绅士的兜里。谁都没有追踪到飞行的轨迹。

十天后，老海员对照诸多事实，方才意识到自己曾经离这位奇妙的隐身人有多近。彼时，伯多克港的故事早已成为旧闻。

第十五章
奔跑的人

黄昏时分，肯普医生坐在自己的书房里。他的观景房坐落在一座小山上，俯瞰着伯多克港。书房不大，很舒适，北、西、南三面有窗，书架上堆满了书籍和科学杂志，还有一张宽大的写字台。北面的窗户下放着一台显微镜、玻璃片、微型仪器、培养物和零散的试剂瓶。尽管落日余晖下的天空依然明亮，肯普医生还是点亮了太阳能灯。窗帘没有拉下来，因为不会有人往里窥视。肯普医生是个身形瘦长的年轻人，一头亚麻色的头发，小胡子几乎全白了。肯普医生希望他所从事的工作能让他成为英国皇家学会的会员，他对这个头衔非常看重。

他的视线从手头的工作移开，触到了对面山丘背后灿烂的晚霞。他嘴里衔着笔，坐着欣赏了一会儿金色的夕阳，然后就注意到一个墨黑的人影，从坡顶朝他这边跑来。那人个头矮小，戴着一顶高帽子，两条短腿迅速地移动着，跑得快得不得了。

“又来一个蠢货，”肯普医生说，“今早在街角才撞上一个，说什么‘隐身人来了，先生’！不知道这些人是着了什么魔，搞得像是在十三世纪似的。”

他站起身，走到窗前，凝视着朦胧的山坡和一路狂奔下坡的小黑影。“他似乎急得要命，可是他跑得很费劲。就算兜里装满了铅，步子也不会那么沉重啊。”肯普医生说。

“全力冲刺啊，先生。”肯普医生说。

不一会儿工夫，奔跑的身影被从伯多克延伸到山岗上的别墅遮住了。片刻后他又冒了出来，然后又消失不见，就这么在三栋别墅之间时隐时现了三次，直到最后隐没在排屋中。

“蠢驴！”肯普医生以脚后跟为轴往后一转，走回写字台。

不过，那些在车行道上近距离看到逃亡者，看到他大汗淋漓的脸上凄惨的惧色的人，可不会像肯普医生那么蔑视他。他迈着沉重的脚步咚咚咚地往前奔跑时，身上一直在叮当作响，像装得鼓鼓囊囊的钱袋子在来回晃荡。他不看左边也不看右边，睁大眼睛直直地盯着山脚下的街道，那里灯火通明，人头攒动。他那张奇形怪状的嘴都快散架了，嘴唇上挂了一层黏糊糊的泡沫，呼吸声嘶哑而聒噪。他飞奔下坡这一路上，路人纷纷停下脚步，朝上或向下望去，神色不安地互相询问此人为何如此匆忙。

不一会儿，在山岗高处，一条在路边玩耍的狗突然痛苦地尖叫了一声，钻进了门里。旁边的人还在大惑不解的时候，一阵风从他们身边急速掠过，伴随着啪嗒啪嗒的脚步声和气喘吁吁的呼吸声。

他们惊叫起来，从人行道上跳下奔逃。惊叫声传到山脚，山下的人们本能地感觉到了异样。马维尔还没跑到山脚，就已经听到下面的街道上充斥着大喊大叫。人们逃进自家屋子，砰的一声关上大门。他听到了这一切，孤注一掷地进行最后一次冲刺。恐惧大踏步地赶超过他，冲到了他前面，不一会儿就占领了全城。

“隐身人来了！隐身人！”

第十六章
快乐的板球手

山脚下有家名叫“快乐的板球手”的酒馆，那里也是有轨马车[1]的起点站。酒保两只通红的粗胳膊搁在吧台上，和一个有气无力的马车夫聊着马匹。一个留着黑色大胡子的灰衣男子咬着饼干和奶酪，喝着伯顿啤酒，操着一口美国腔与一个下班的警察交谈。

“外面在吵吵嚷嚷什么？”有气无力的马车夫突然转换话题，透过脏兮兮的黄色窗帘往山上望去。外头有人在奔跑。

“也许哪里失火了。”酒保说。

---

1 有轨马车（tramlines），指靠马匹牵引车辆、车轮在钢制轨道上滚动行驶的交通运输工具，是有轨电车的前身。

沉重的脚步声越发逼近，门被猛地推开，哭哭啼啼的马维尔冲了进来。他衣冠不整，衣领被撕开，帽子不见了。他抽搐地转过身，想把门关上，可是门后面拴着根带子，怎么都关不上。

“来了！”他惊恐地厉声哭喊，“他来了。隐身人！他在追我！看在上帝的分上！救命啊！救命啊！救命啊！”

“把门关起来，”警察说，“谁来了？外面在吵什么？”他走到门边，松开带子，门砰的一声关上了。美国人关上另一扇门。

“让我到里边去。”马维尔哭着说，他踉踉跄跄的，手里还攥着簿子。

“让我到里边去，把我锁在里面。我说了他在追我。我甩掉了他。他说他会杀了我，他真的会。”

“现在你安全了，”黑胡子说，“门已经关上了。到底发生了什么事？”

“让我到里边去，”马维尔话音刚落，闩紧的门就遭到重重一击，颤抖个不停。他又鬼哭狼嚎起来，接着传来一阵急促的敲门声和叫喊声。

“喂，”警察喊道，“谁啊？”

马维尔先生疯了似的扑向一块像门一样的嵌板。“他会杀了我的——他有刀。看在上帝的分上！”

“这边，”酒保说，“进来。”他掀起吧台的活板门。

马维尔先生连忙冲进酒吧间，门外的人还在大声叫门。

“别开门，”马维尔尖叫道，“请不要开门。我该藏哪儿呢？”

“想必他就是隐身人了？”黑胡子一只手背在身后说，“我想我们该会会他了。”

骤然间，酒馆的窗户被人砸得粉碎，街上的人尖叫着仓皇奔逃。警察站在长沙发上，伸长脖子看了半天，想看清楚是谁站在门口。“是他。”警察跳下来扬起眉毛说。酒保站在酒吧间的包厢门前，马维尔先生已被锁在里面。他瞥了眼砸坏的窗子，走到另外两人跟前。

一切突然安静下来。“我要是带了警棍就好了，”警察犹豫不决地走到门后说，“我们一开门他就会闯进来。挡是挡不住的。”

“急着开门干吗？”有气无力的马车夫焦急地说。

“拉开门闩，”黑胡子晃了晃手里的左轮手枪说，“他要是进来——”

“那不行，”警察说，“那是谋杀。”

“我知道我在哪个国家，”黑胡子说，“我对着他的腿打。拉开门闩。”

“别在我身后开枪。”酒保伸长脖子朝窗外指望。

“好吧。”黑胡子说着俯下身去，自己上前拉开门闩。左轮手枪已经上膛。酒保、马车夫和警察转过身来。

“进来。”黑胡子低声说。他退后几步，手枪放在身后，紧盯着门闩已被拉开的前门。没有人进来，门一直关着。五分钟后，第二个马车夫小心地探进头来时，他们还在等着。一张焦急的脸从包厢里向外窥视，提供了一样信息。“所有的门都关上了吗？”马维尔问道，“他在走来走去——他在踱来踱去。他像邪魔一样狡猾。”

“天哪！”魁梧的酒保说，“后门！快去看后门！我说！”他无助地环顾四周。酒吧间的后门砰的一声关上了，他们听到了钥匙转动的声音。“还有院子门和便门。院子门——”

他冲出酒吧间。

不一会儿，他回来了，手里拿着一把切肉刀。

“院子门开着！”他肥厚的下唇往下一掉。

“那他可能已经进来了！”第一个马车夫说。

“他不在厨房里，”酒保说，“那边有两个女人，而且我用这把切牛肉的小刀把里面捅了个遍。她们认为他没有进来。她们没有注意到——”

“门闩上了吗？”第一个马车夫问。

“我又不是小孩子。”酒保说。

黑胡子刚把左轮手枪收起来，活板门就关了起来，插销咔嗒一声自己插上了，然后是一声巨大的闷响，锁钩咔嚓一声断开，包厢的门突然打开了。他们听到马维尔像被擒的小野兔一样尖叫起来，便立即翻过吧台去救他。黑胡子的左轮手枪响了，包厢后面亮闪闪的镜子叮叮当当碎了一地。

酒保进去时看到马维尔古怪地瘫倒在地，似乎在与通往院子和厨房的门搏斗。酒保正迟疑不决时，门忽地开了，马维尔被拖进了厨房，还伴着一声尖叫和锅子的当啷声。马维尔脸朝下，死命地向后退，然而还是被强行拽到了厨房门口，门闩已被拔去。

试图抢在酒保前面的警察这时冲了进来，后面跟着马车夫。警察猛力拉开揪住马维尔的那只看不见的手腕，紧接着脸上就挨了一拳，踉跄着朝后退去。门开了，马维尔拼命地想在门后获得立足点。有样东西被马车夫攥住了。“我捉住他了。”马车夫说。

“他在这里！”酒保红通通的手也抓到了隐身人。

挣脱开来的马维尔先生扑倒在地，试图爬到正在打斗的几位身后。打斗在门的边缘跌跌撞撞地进行着。突然间，他们第一次听到了隐身人的声音——他大声惨叫，因为警察踩到了他的脚。接着他怒不可遏地大喊起来，挥起拳头一顿乱抡。马车夫横膈膜下方挨了一脚，大叫一声，疼得弯下了腰。厨房通往包厢的门砰地关上了，马维尔先生趁机逃脱。厨房里的人们忽然发现他们在跟空气搏斗。

“他人呢？”黑胡子问道，“跑出去了？”

“这边。”警察说着走进院里。

一块瓦片嗖的一声擦着他的脑袋飞过，砸碎了厨房桌子上的碗碟。

“让他尝尝我的厉害。”黑胡子喊道。一根钢质枪管在警察肩头一闪，五颗子弹一颗接一颗地穿破暮色，射向瓦片飞来的地方。当他开火时，他的手在空中画了一条平行曲线，这样他的子弹就像车轮上的辐条一样辐射向狭窄的院子。

一片寂静。

“五颗子弹，”黑胡子说，“太棒了。四个 A 和一个王。谁去拿个灯笼来，咱们摸着找他的尸体。”

第十七章
肯普医生的访客

枪声响起的时候，肯普医生正在书房里埋头写东西。砰、砰、砰，一枪接着一枪，把他惊住了。

“喂！”肯普医生说着又把笔衔在嘴里，竖耳倾听，“谁在伯多克打左轮手枪？这些蠢货在干吗？”

他走到南面的窗户前，把窗推了上去，探出身子俯视山下。窗户网、缀有珠子的煤气灯、屋顶黑乎乎的商店和庭院组成了夜晚的城镇。“山脚下有群人，在‘快乐的板球手’那边。”他一边嘀咕，一边凝视。他的视线划过城镇上空，眺望远处亮着灯的轮船，码头上灯火通明，一个被灯照亮的小亭子像一颗黄色的宝石。一轮上弦月挂在西山上，星星亮晶晶的，就像在热带一般明亮。

肯普医生的思绪神游到了遥远的未来，推测着那时候的社会环境，最后在时间维度上迷失了方向。五分钟后，他才回过神来，叹了口气，拉下窗，回到写字台前。

听到枪响后，他心不在焉地继续伏案书写，时不时就会走神。约莫过了一个钟头，门铃骤然响起。他坐在那里听着。他听见女仆去开门，就在楼梯上等她，然而她没有过来。

“会是谁啊？”肯普医生说。

他试图回到工作状态中，却没有成功，于是他起身下楼，到楼梯口摇了摇铃。女仆出现在楼下门厅时，他倚着栏杆问道：“是送信的吗？”

“门铃失控了，先生。”她回答道。

“今晚的我很焦躁。”肯普医生自言自语道。他回到书房，这次铁了心要专心工作。他很快就进入了工作状态，屋里静悄悄的，只剩下时钟的滴答声和羽管笔的沙沙声。灯罩在桌面投射出一个光圈，羽管笔在光圈的正中央悄声疾书。

直到凌晨两点，肯普医生才完成当晚的工作。他站起来打了个哈欠，下楼去睡觉。他脱掉外套和背心，忽然觉得口渴，便拿了一支蜡烛，下楼去餐厅找苏打水瓶和威士忌。

长期从事科研使他具有了敏锐的观察力。当他穿过门厅走回来时，注意到楼梯底下垫子旁的油毡上有一个黑点。他继续上楼，然后突然思量起那黑点是怎么回事。他下意识地感觉有点不对劲。不管怎样，他返回门厅，放下苏打水瓶和威士忌，弯腰摸了摸那个黑点。不是很意外，从黏性和颜色判断，是干了的血渍。

他端起东西回到楼上，不停地左顾右盼，想弄清楚黑点的由来。在楼梯口，他看到了什么，顿时惊讶地停下了脚步——他卧室的门把手上有血迹。

肯普医生瞅了瞅自己的手，很干净，他想起从书房下来时房门是开着的，因此他根本没有碰过门把手。他径直走进卧室，脸上很平静，也许比平时更坚定一点。他好奇地往床上瞟了一眼。床罩上有一摊血迹，床单被撕破了。上次进屋时他直奔梳妆台，没有注意到这个。床那头的被褥凹陷着，像是刚才有人坐过。

接着他产生了一种奇怪的错觉——他似乎听到一个低沉的声音在喊："天哪！肯普！"但是肯普医生不相信那是说话声。

肯普医生盯着凹陷的被褥。那真是说话声吗？他环顾四周，除了那张染着血迹、一团乱的床，没有任何异常。

接着他清楚地听到脸盆架那边有动静。所有人或多或少都有点迷信，受教育程度再高也不例外。一种毛骨悚然之感油然而生。他关上房门，走到梳妆台前，放下手里的东西。就在那一刻，他惊得魂飞魄散汗毛倒立，一卷血迹斑斑的亚麻绷带悬在他和脸盆架之间的半空中！

肯普医生惊诧地盯着这条绷带。它包扎得很好，可是里面空空如也。他本想上前去抓，不料被什么东西挡了一下。一个近在咫尺的声音对他说话了。

“肯普！”那个声音说。

“嗯？”肯普嘴巴大张。

“保持镇静，”那个声音说，“我是个隐身人。”

肯普一时语塞，只是盯着绷带。“隐身人。”他说。

“我是隐身人。”那个声音重复道。

肯普的脑海里一下子闪过一件事情，早上他还对那件事情嗤之以鼻。此刻的他看起来既不害怕也不惊讶。后来他才意识到发生了什么。

“我还以为是一派胡言。”肯普医生说。他的心思还在早晨的争吵上。

“你打着绷带吗？”他问道。

“是的。”隐身人说。

“噢！”肯普说，他来了精神，“我说！这根本就是胡扯。就是个骗人的鬼把戏。”他一个箭步走上前，手伸向绷带，碰到了隐身人的手指。

他往后一缩，脸色大变。

“冷静些，肯普，看在上帝的分上！我非常需要帮助。别动！”

那只手紧紧攥住他的胳膊。他朝它打去，结果攥得紧了。

“肯普！”那个声音叫道，“肯普！冷静！”

肯普医生不顾一切地想要挣脱束缚。那只胳膊上缠着绷带的手紧紧抓住他的肩膀，接着他突然被绊了一下，向后摔倒在床上。他刚要张口大叫，隐身人就把床单一角往他嘴里一塞。他被隐身人死死地按在身下，好在两条胳膊是自由的，所以他挥拳乱打，同时伸腿猛踹。

“听我解释，好吗？”隐身人说，尽管肋骨遭到重击，他仍死死按住肯普不放，“天哪！你要把我逼疯啦！”

“躺着别动，傻瓜！”隐身人对着肯普的耳朵大吼。

肯普又挣扎了一会儿，终于安静地躺着了。

“你要是再喊，我就打烂你的脸。”隐身人拿掉肯普嘴里的床单。

“我是个隐身人。这不愚蠢，也不是魔法。我真的是个隐身人。我需要你的帮助。我不想伤害你，不过如果你表现得像个疯狂的乡巴佬，那我一定给你好看。你不记得我了吗，肯普？我是格里芬，大学学院[1]的。”

“让我起来，”肯普说，“我不会乱动的。让我安静地坐一会儿。”

他坐了起来，摸摸脖子。

“我是大学学院的格里芬，我把自己变成了隐身人。我只是一个普通人——你认识我，我把自己变成隐身人了。”

“格里芬？”肯普说。

“格里芬，”那个声音答道，“一个年龄比你小的学生，几乎就是个白化病患者，六英尺高，宽肩膀，白里透红的脸，发红的眼睛，拿过化学奖。”

“我糊涂了，”肯普说，“我脑袋里一团乱。这跟格里芬有什么关系？”

“我就是格里芬。”

肯普斟酌着。“太可怕了，”他说，“你是用什么魔法把自己变成隐身人的？”

---

1 大学学院（University College），指伦敦大学学院，是英格兰第三古老的高等学府。

"不是魔法。是一个过程，足够理智和易懂——"

"太可怕了！"肯普说，"到底是怎么做到的——？"

"是够可怕的。不过我现在受了伤，又痛又累，上帝啊！肯普，你是个男人。沉着些，给我点吃的喝的，让我坐在这里。"

肯普直瞅着绷带穿过房间，接着他看到一把柳条椅被拖到床边。就听吱嘎一响，椅面下陷了四分之一英寸左右。他揉了揉眼睛，又摸了摸脖子。

"比鬼还要神奇。"肯普傻笑着说。

"这就对了。谢天谢地，你变得理智了！"

"或者犯傻了。"肯普说着，用指关节擦了擦眼睛。

"给我来点威士忌。我快死了。"

"感觉不像啊。你在哪里？我站起来会不会跟你撞个满怀？在那里！好吧。威士忌？在这里。怎么拿给你？"

椅子吱嘎一声，肯普手里的酒杯被拿走了。他努力地放手了，尽管这完全有违他的本能。酒杯在柳条椅上方二十英寸处稳稳地停了下来。肯普无比困惑地盯着杯子。"这——一定是催眠术。你跟我暗示过你是隐身人。"

"胡说。"那个声音说。

"太疯狂了。"

“听我说。”

“今天早上我确凿地证明了，”肯普说，“隐身术——”

“甭管你证明了什么！我要饿死了，”那个声音说，“对一个没穿衣服的人来说，这个夜晚真是太冷了。”

“食物？”肯普说。

酒杯自动倾斜了。

“是的，”隐身人啪的一声放下酒杯说，“你有睡衣吗？”

肯普低声惊呼了一声。他走到衣橱前，拿出一件暗红色的睡袍。“这件可以？”他问道。睡袍被接了过去，在半空中软塌塌地悬了一会儿，古怪地飘动着，然后竖立起来，端庄地扣着扣子，坐到椅子上。“内裤、短袜和拖鞋会带来安慰，”隐身人唐突无礼地说，“还有食物。”

“都有。不过这是我这辈子见过的最疯狂的事情！”

肯普从抽屉里找出这几样东西，接着下楼去食物储藏室翻找。他拿了些冷肉排和面包回来，拉过一张轻便的桌子，放到访客面前。“别管刀子了。”他的访客说。

一块肉排悬在半空中，能听到啃咬的声音。

“看不见！”肯普说着坐到卧室的椅子上。

“吃东西前我喜欢穿上衣服，”隐身人说，他嘴里塞得满满的，贪婪地吃着，“奇怪的爱好！”

“你的手腕没事吧。”肯普说。

“相信我。”隐身人说。

“竟然有此等怪事——”

“没错。更奇怪的是我竟然误入你家来进行包扎。我头一回撞大运！不管怎样，我今晚打算睡在这座房子里。你必须忍受！我的血迹很讨厌，是不是？那边有好大一个血块。我明白，当它凝结的时候就看得见了。我已经在这里待了三个小时了。”

“可你是怎么做到的？”肯普带着几分恼怒的语气说，“把我搞糊涂了！整件事情，从头到尾都不合理。”

“很合理，”隐身人说，“完全合理。”

他伸手抓住威士忌酒瓶。肯普盯着那件正在狼吞虎咽的睡袍。一道烛光穿透右肩的一块裂痕，在左肋下形成一个三角形的光区。

“枪声是怎么回事？”他问道，“怎么会开枪的？”

“一个傻瓜——可以说是我的共犯，诅咒他！他想偷我的钱。已经被他得手了。”

“他也是隐身人吗？”

“他不是。”

“嗯？”

“能让我先填饱肚子再讲吗？我饥肠辘辘，疼痛难忍，你却要我讲故事！”

肯普站了起来。“不是你开的枪？”他问道。

“不是我，”他的访客说，“一个我从没见过的傻瓜胡乱开枪。好多人怕得要命。他们都害怕我。诅咒他们！我说肯普，再给我来点吃的吧。”

“我下楼看看，”肯普说，“恐怕很有限。”

隐身人吃完后要了一支雪茄——他吃得真多。肯普还没来得及找到雪茄刀，他就狠狠地咬掉茄帽，当外边的烟叶松开时，他骂骂咧咧了几句。他抽雪茄的样子真是奇特，他的嘴、喉咙、咽部和鼻孔都显形了，烟团袅袅上升，像吞云吐雾的模具。

“吸烟真是天赐的礼物！”他说着使劲抽了一口，“我运气真好，居然遇到了你，肯普。你必须助我一臂之力。想不到这时候邂逅你了！我陷入了一个可怕的困境。我想我是疯了。我所经历的一切！不过我们得干些事情。让我告诉你吧——”

他给自己倒了些威士忌和苏打水。肯普起身环顾周围，接着去一间空屋里拿了一只杯子。“够疯狂的，不过我想我可以喝点儿。”

“肯普，这十来年你变化不大。你们这些公正的人是不会变的。初次失败后头脑冷静、有条不紊。我跟你讲，我们得携手合作！”

“可你是怎么做到的？”肯普说，“你是怎么变成现在这个样子的？”

“看在上帝的分上，让我安静地抽会儿雪茄吧！然后我再跟你讲。”

然而，那天晚上隐身人并没有讲述自己的故事。他的手腕越来越疼，加上伴有发烧，精疲力竭，他满脑子都是向山下飞奔追赶马维尔以及旅店里的搏斗的画面。他断断续续地提到了马维尔，雪茄抽得更快了，声音变得愤愤不平。肯普努力收集着他话里的信息。

“他怕我，我看得出来他怕我，”隐身人念叨了多次，“他想甩掉我——他一直在寻找机会！我怎么那么傻！”

“这狗杂种！”

“我早就该杀了他——”

“你从哪儿弄来的钱？”肯普突然发问。

隐身人沉默了一会儿。“今晚我不能告诉你。”他说。

他忽然呻吟起来，身子前倾，用看不见的手支住看不见的头。

“肯普，”他说，“我已经三天没合眼了——就打过两三次盹，每次一个钟头左右。我得赶快睡觉。”

“好吧，睡我的房间——就这个房间。”

“可我哪能睡啊？如果我睡着了，他会逃走的。哎！有什么关系呢？”

“你的枪伤伤得如何？”肯普突然问道。

“全然无碍。轻微擦伤，流了点血。噢，天哪！我真想睡个好觉！”

“为什么不呢？”

隐身人似乎在打量肯普。“因为我担心被自己的同胞生擒。”他慢吞吞地说。

肯普吃了一惊。

“我好蠢啊！”隐身人用力敲着桌子说，“把这念头告诉你了。”

第十八章
隐身人入睡

尽管隐身人筋疲力尽且身负枪伤，但他拒绝相信肯普作出的尊重他自由的保证。他仔细地检查了卧室的两扇窗户，拉起窗帘，推开窗扇，看是否就如肯普所言，能从这里逃走。夜晚寂静无声，新月挂在丘陵上。接着他检查了卧室门和梳妆室门的钥匙，确信他的自由得到保证后，这才露出满意的神情。他站在壁炉前的地毯上，肯普听到他打了个哈欠。

“很抱歉，”隐身人说，“今晚我没有把我的所作所为都讲给你听。我累坏了。很怪诞，毫无疑问。太可怕了！但是相信我，肯普，这是完全可能的。我有了一个新的发现，本想保密的。但是不行，我必须找个搭档。你，我们可以合作——但明天再说。肯普，我感觉再不去睡我会猝死的。”

肯普站在房间中央，凝视着那件没有脑袋的睡袍。

“我想我得离开你了，”他说，“真是——不可思议。接连发生了三件这样的事情，推翻了我所有的成见，能让我疯掉。然而这是真的！还需要我为你做什么吗？”

“祝我晚安吧。”格里芬说。

“晚安。”肯普握了握那只看不见的手说。他侧身走到门口。突然，那件睡袍飞快地向他走来。

“体谅我！”睡袍说，“不要妨碍我，或者试图抓我！或者——”

肯普的脸色微微变了一下。“我已经跟你保证过了。”他说。

肯普出来后轻轻把门带上，他听到钥匙转了一下，门马上就被反锁了。就在他一脸错愕地站在门口的时候，一阵急速的脚步声又来到梳妆室门前，梳妆室的门也被反锁上了。

“我是在做梦吗？是这个世界疯了？还是我疯了？”肯普拍了拍自己的额头。

他笑了，把手放在锁着的门上。

“被拒之于我自己的卧室门外，简直荒唐至极！”他说。

他走到楼梯口，转身盯着锁上的门。“这是事实，不可否认的事实！”他说。他用手指摸了摸轻微擦伤的脖子。

“但是——”

他绝望地摇了摇头，转身下楼去了。

他点亮餐厅的灯，拿出一支雪茄，在里面踱来踱去，不时突然大叫一声，或是同自己争辩着。

“隐身的！”他说。

“有隐身动物这回事吗？海洋里有，是的。成千上万！数以百万计！所有的幼虫，所有的小无节幼体和柱头幼虫[1]，所有的微生物和水母。在海里，看不见的东西比看得见的东西还要多！我从未想过这一点。在池塘里也一样！所有那些池塘里的小东西，一片片无色半透明的胶状物！但在空中？不！”

“不可能。”

“但为什么不可能呢？”

“如果一个人是用玻璃做的，还是会看得见。”

他的沉思变得深刻起来。当第三支雪茄化为无形或地

---

1 无节幼体（hauplii）和柱头幼虫（tornarias），两种体小透明的海洋生物，肉眼难以看见。

毯上的灰烬时，他又开口了，不过只是一声惊呼而已。他转身出了餐厅，走进他的诊疗室，将煤气灯点亮。肯普医生不是靠行医为生，所以这间诊疗室很小。里面有当天的报纸。晨报随意地摊开在一边。他捡起来翻了翻，读到一篇名为《伊平奇事》的报道，也就是斯托港老海员费了好大劲向马维尔先生详细解释的那篇。肯普读得飞快。

“裹起来！”肯普说，“乔装！藏起来！‘似乎没有人知道他的不幸。’他在玩什么鬼把戏？”

他放下报纸，目光在寻找着什么。“啊！”他拿起送来后一直折叠着的《圣詹姆斯公报》[1]。“真相就要大白了。”肯普医生说着打开报纸，迎面看到一篇题为“萨塞克斯某村鸡飞狗跳”的报道，占了两栏的篇幅。

“天哪！”肯普急切地读了起来。它报道了昨天下午发生在伊平的奇诡事件——前面已经描述过了。这一页还转载了晨报上的报道。

他重读了一遍。“那人在街上横冲直撞，左右开弓。杰弗斯失去知觉，哈克斯特疼痛万分——到现在都无法描述他所看到的一切。牧师遭受奇耻大辱。妇人被吓出病来！

1《圣詹姆斯公报》(St James's Gazette)，伦敦真实存在的一家当地报纸。

窗子被砸得粉碎。这个离奇的故事可能是捏造的。不过太精彩了，非登出来不可——带着怀疑的态度来读！”

他放下报纸，茫然地盯着前方。“可能是捏造的！”

他又抓起报纸，把整个报道重读了一遍。“可是流浪汉是什么时候搅和进来的？他究竟为什么要追赶这个流浪汉？”

他一屁股坐到手术椅上。

“他不光是隐身人，”肯普说，“他还是个疯子！是个杀人狂！”

当苍白的晨曦与餐厅里的灯光和烟雾交织在一起时，肯普仍在踱来踱去，试图弄明白这件令人难以置信的事情。

他过于兴奋，根本无法入睡。他的仆人们睡眼惺忪地下楼时看到了他，都倾向于相信这是他用功过度所致。他给他们下了一道非同寻常但相当明确的命令，要他们准备两份早餐送到书房，然后待在地下室或一楼，不准上楼。接着他继续在餐厅里踱步，直到晨报送来。报上洋洋洒洒写了很多，但没多少有价值的东西，除了证实前一天晚上的事情外，还有一篇写的是发生在伯多克港的奇事，文笔平实坦率。肯普就此知道了在“快乐的板球手”里所发生的一切，还知晓了马维尔这个名字。“他迫使我跟着他，足有二十四个小时。”马维尔作证说。伊平事件又添几个无足轻重的新料，特别是村里的电报线被割断了。但文中没有进一步说明隐身人和流浪汉之间的关系，因为马维尔先生只字未提那三本簿子以及兜里的钱的事。怀疑的论调消失了，一大群记者和调查者已经在详细阐述此事。

肯普仔细读完报道里的每个细节，又叫女仆出去把上午的报纸全买回来。全被他如饥似渴地读完了。

“他是隐身的！”他说，“而且从报纸上看，他已经从愤怒变成了狂躁！他什么都干得出！他什么都干得出！他在楼上，像空气一样自由。我到底该怎么办？”

“比方说，这算是失信吗，如果我——？不。”

他走到墙角一张凌乱的小书桌前，开始写便条。写了一半又撕掉重写。写好后他读了一遍，斟酌了一番。然后他取出一个信封，写上“伯多克港，埃迪上校亲启”。

就在这个时候，隐身人醒来了，好像火气挺大。肯普警觉地聆听着每一个声音。他听到隐身人的脚步声匆匆穿过头顶上的卧室。一把椅子抛了出去，脸盆架上的玻璃杯被砸碎了。肯普急忙上楼，笃笃笃地敲门。

第十九章
隐身的原理

“怎么回事？”隐身人允许他进去后，肯普问道。

“没事。”隐身人答道。

“天哪，真该死！干吗砸东西？”

“我发脾气了，”隐身人说，“忘了这只胳膊，又酸又痛。”

“你很容易发脾气？”

“是的。”

肯普穿过房间，捡起玻璃碎片。“你的事都传开了，”肯普站起身来说，手里拿着玻璃碎片，“所有发生在伊平和山下的事情。现在全世界都知道有这么一号隐身的公民了，不过没人知道你在这里。”

隐身人骂了一声。

“秘密已经公开了。我想那是个秘密。我不知道你的计划是什么，但我很想帮助你。”

隐身人坐到床上。

“早餐在楼上。”肯普尽量装作很轻松的样子。看到他的陌生访客欣然起身，他感到很满意。他在前面带路，两人沿着狭窄的楼梯走向书房。

“在我们合作之前，”肯普说，“我得多了解一点你的隐身术。”他不安地朝窗外瞥了一眼，然后坐了下来，一副想要谈心的神情。他望着早餐桌对面格里芬坐的地方，脑子里对整个事件的合理性闪过一丝怀疑，随即便烟消云散——那件看不见头、看不见手的睡袍，正神奇地拿着一块餐巾，擦拭看不见的嘴唇。

“很简单，也很可信。”格里芬把餐巾放在一边说。

“对你来说毫无疑问，可是——”肯普笑了。

“好吧，是的，毫无疑问，一开始的时候这件事似乎很美妙。可是现在，我的上帝啊！不过我俩能干出一番大事！我最早是在切希尔斯托发现的。”

“切希尔斯托？”

“我离开伦敦后去了那里。你知道我弃医改学物理？不知道？嗯，我改学物理了。光线——让我着迷。”

“啊！”

“光学密度！整个学科就是一张布满奥秘的网——谜底闪着微光，难以捉摸。当时我才二十二岁，满腔的热情，我说，‘我要为它献身，这是值得的’。我们二十二岁的时候多傻啊，你知道的吧？”

“不是那时傻，就是现在傻。”肯普说。

“仿佛学到知识能让人获得满足感！”

“我投入到钻研中去了，像个黑鬼一样。才研究了六个月，一道光就从一个网眼里射了出来，炫目而刺眼！我发现了关于色素和折射的基本原理——一个公式，一个四维的几何表达式。傻瓜、普通人，甚至普通的数学家都不知道某个数学通式对一个分子物理专业的学生意味着什么。记事簿里——被流浪汉藏起来的记事簿里——有奇迹，奇迹！但它不是一种方法，而是一个想法，这个想法可以导致一种方法的产生。在不改变物质性质的情况下（某些情况下，颜色除外），运用这种方法，就能将固体或液体的折射率降低到空气的折射率（就实际用途而论）。”

“唉！”肯普说，“真奇怪啊！不过我还是不太明白——这样一来，你能毁掉一块宝石，但这跟隐掉一个人完全是两码事啊。”

“没错，”格里芬说，“但你想啊，可见性是由可见物对光的作用决定的。物体要么吸收光，要么反射或折射光，要么两者兼有。如果它既不吸收光，也不反射或折射光，那我们就看不见它了。例如，你之所以能看到一个不透明的红色盒子，是因为它的颜色吸收了一部分光线，并将剩下的那部分红色的光线反射给了你。如果它不吸收任何一部分的光线，而是全部反射出去，那么我们看到的就是一个闪闪发光的白色盒子。银色的！钻石盒子吸收的光线很少，从表面反射回去的光线也不多，只在部分地方会发生反射和折射，所以呈现在我们面前的是闪亮反光的半透明外观，一种光的骨架。玻璃盒子没有钻石盒子那么明亮和惹眼，因为没有那么多的折射和反射。明白了吗？从某些角度你能清楚地看透它。有些玻璃比其他一些玻璃更清晰可见，一盒火石玻璃就比一盒普通玻璃更明亮。光线不足的情况下，一盒非常薄的普通玻璃不容易被人看见，因为它几乎不吸收任何光线，折射和反射也很少。你要是把一块普通的白色玻璃放进水里（尤其是放进比水密度大的液体里），那你几乎完全看不见它了，因为光线穿过那层水到达玻璃后，只发生了轻微的折射或反射，或者完全没有。它几乎像空气中的煤气或氢气一样看不到了。同样的道理！”

“是的，”肯普说，“那真是小菜一碟。”

“还有一个事实，你也会发现它是真的。肯普，如果你把一块玻璃敲碎，敲成粉末，那它在空气中就更容易被人看到。原因是变成不透明的白色粉末后，玻璃的折射面和反射面大大增加了。一块玻璃只有两个表面，而在粉末状态下，每一个颗粒都能反射或折射光线，很少有光线能直接穿透粉末。但是如果把白色的玻璃粉末倒入水中，它会立即消失不见。玻璃粉末和水的折射率基本相同，也就是说，光线从一个传到另一个时，折射或反射几乎没有发生。”

“你把玻璃放进与其折射率相近的液体中，就能让它隐形；你把透明的东西放进与其折射率相近的任何介质中，都能让它隐形。你脑子稍微一转就能明白：你也能让玻璃粉末在空气中隐形，只要使它的折射率等同空气。那样的话，当光线从玻璃传到空气中时，就不会产生折射或反射。”

“是的，是的，”肯普说，“但人不是玻璃粉末！”

“不，”格里芬说，“人更透明！”

“胡说！”

“这话出自一位医生之口！你怎么那么健忘！才过去十年，物理知识就忘光了？想想所有那些看似不透明、实则透明的东西吧。就拿纸来说，它是由透明纤维制成的，呈不透明的白色，跟玻璃粉末一个道理。倘若在白纸上抹一层油，用油填满分子之间的空隙，那么白纸除了表面外就不再产生折射或反射，变得像玻璃一样透明。不光是纸，还有棉纤维、亚麻纤维、羊毛纤维、木质纤维，以及骨头、肯普、肉、肯普、头发、肯普、指甲和神经、肯普，事实上，除了血液里的红色素和头发里的黑色素，人体都是由无色透明的组织构成的。很少那点东西就足以让我们被对方看见。大多数情况下，生物纤维的透明性并不亚于水。”

“天哪！”肯普叫道，“当然，当然！昨晚上我还想到了海里的幼虫和水母！”

“现在你明白了吧！这些是我在离开伦敦一年后发现的（也就是六年前），我没有告诉别人。我不得不在极其恶劣的条件下搞研究。我的教授奥利弗是个科学的无赖、天生的记者、思想的窃贼，他一直在刺探我的研究！你知道科学界的尔虞我诈。我就是不愿意发表，以免他抢我的功劳。我继续研究，越来越接近于将我的公式变成实验，变成现实。我没有告诉任何人，因为我打算把我的成果像震撼弹一样公之于世，让我一举成名。我开始研究色素，以填补某些空白。突然间，我在生理学上有了一个新的发现，并非故意，纯属偶然。”

“是吗？”

“血液里的红色素，可以变成白色——无色，同时保持原有的功能！”

肯普满腹狐疑地惊叫起来。

隐身人站起身来，在小书房里踱步。“你肯定会惊叫的。我记得那晚。夜色已深——白天我被张着嘴瞪着眼的傻帽学生烦透了，有时会工作到天亮。那个想法突如其来地出现在我的脑海里，灿烂而完整。我独自一人。实验室里无声无息，高挂的灯炽热而安静地燃烧着。我所有伟大的时刻都是独自一人。‘我可以让一只动物——一种组织——变得透明！我可以让它隐身！除了色素外。我可以隐身！’我突然意识到这对一个白化病患者意味着什么。让人不知所措！我放下手头正在做的过滤，凝视着窗外的星星。”

“我可以隐身！”我重复道。

“做这样一件事情是超越魔法的。拨开疑云，我看到了隐身术能给一个男人带来的美妙幻景——神秘、力量、自由。我没有看到不利因素。你想想看！我，一个衣着寒酸、穷困潦倒、在外省高校教白痴的饱受约束的示教讲师，突然间可以变成——这样。我问你，肯普，如果你——任何人，我告诉你，都会投身于这项研究。我干了三年，好不容易翻过一座山，眼前又出现一座。无限的细节！还有那个令人恼火的外省教授，总在刺探我的研究成果。'你打算什么时候发布你的成果？'是他永恒的问题。还有那帮学生，那糟糕的居住条件！我忍受了三年——"

"守口如瓶又愤懑不平地干了三年后，我发现要完成它是不可能的，不可能。"

"为何？"肯普问道。

"钱。"隐身人说，又走到窗外凝视。

他突然转过身来。"我抢了一个老人的钱——我抢了我父亲的钱。"

"钱不是他的，他开枪自杀了。"

第二十章
大波特兰街的房子

肯普默默地坐了片刻，盯着窗前无头人影的后背。他蓦地想起了什么，连忙起身，抓住隐身人的胳膊，把他从窗口拉开。

“你累了，”他说，“我坐着的时候，你一直走来走去。坐我椅子吧。”

他站到格里芬和最近的窗户之间。

格里芬一声不吭地坐了一会儿，突然继续说道：

“那件事发生的时候，我已经离开了切希尔斯托学院，去年十二月，我在伦敦一家管理不善的大旅馆里租了一间屋子，很宽敞，没有家具，位于大波特兰街附近的一个贫民窟。屋里很快就堆满了我用他的钱买的仪器。研究工作在稳步、顺利地进行，马上就要大功告成了。我就像一个从灌木丛中跑出来的人，突然遭遇了一场毫无意义的悲剧。我去参加父亲的葬礼，心思还停留在这项研究上，根本没想过要为他挽回声誉。我记得那场葬礼，廉价的灵车，简陋的仪式，风霜交加的山坡，他的一位大学老友给他致悼词。那是一位穿着一身黑、衣着破旧、感冒流鼻涕的驼背老人。

“回空荡荡的家的路上，我经过一个地方，那里原先是村庄，现在被偷工减料的建筑商草草打造成一座丑陋的小镇。每一条路都通向被亵渎的田地，路的尽头碎石堆积、野草丛生。我记得自己憔悴的黑影走在湿亮的人行道上，置身于肮脏的体面和卑鄙的商业主义中，一种奇怪的超然感油然而生。

“我一点也不为父亲感到难过。在我看来，他是自己愚蠢的多愁善感的牺牲品。伪善的习俗要求我参加他的葬礼，但这真的不是我自己的事。

“但是沿着高街行走的时候，我瞬间重回旧日时光，因为我遇见了十年前认识的一个姑娘。我们的目光相遇了。

“我不由自主地转过去和她攀谈起来。她是个再普通不过的姑娘。

“故地重游就像是一场梦。我不觉得孤单，也不觉得自己来到了一个荒凉的地方。我意识到自己失去了同情心，但我把它归结为生命的空洞虚无。重返自己的房间就像是回到了现实世界。里面有我熟悉和热爱的东西。仪器伫立在那里，准备就绪的实验在等待着我。除了要把一些细节规划完善外，几乎没什么大的困难了。

“肯普，我迟早会把整个复杂的过程都告诉你的。我们现在不谈这个。除了一小部分被我特意记在脑子里的，大部分我都用密码记在被流浪汉藏起来的记事簿里。我们必须抓到他，必须拿回那些簿子。关键的步骤是把需要降低折射率的透明物体放在两个辐射源之间——这两个辐射源能产生一种以太的振动，我稍后会详细跟你说。不，不是伦琴振动[1]，我不知道别人有没有描述过，不过它们很好理解。我需要两台小发电机，其后我用便宜的煤气机取代了。第一次实验用的是一块白呢绒。我看到了世界上最奇妙的事情：闪烁的光线下，它变得又软又白，然后就像一圈烟雾一样消失了。

“我简直不敢相信我做到了。我把手伸进那片空空如也

---

1 伦琴振动（Röntgen Vibrations），指 X 射线，伦琴是 X 射线的发明者。

的地方，那块白呢绒分明还在那里。我一下子紧张起来，把它扔到了地上。然后我费了一番工夫才找到它。

“接下来我做了一个奇怪的实验。我听到身后传来一声猫叫，回头一看，窗外水箱盖上有一只又脏又瘦的白猫。我脑子里突然冒出一个主意。‘都为你准备好了。’我说。我走到窗前，打开窗户，轻轻地叫了一声。它呜呜叫着进来了，可怜的小畜生显然是饿坏了，我倒了些牛奶给它。我的食物都放在屋角的橱柜里。它在屋里嗅来嗅去，搞得像在自己家里一样。那块看不见的呢绒让它有点不爽，你该瞅瞅它朝呢绒吐口水的样子！我把它放到我带脚轮的矮床的枕头上，让它舒舒服服地躺着，还用奶油哄它洗澡。”

“你拿它做实验了？”

“我拿它做实验了。但给猫吃药可不是闹着玩的，肯普，实验失败了。”

“失败了？”

“问题出在两个细节上。爪子和色素层——叫什么来着？在猫的眼睛背面。你知道？”

“绒毡层。”

“是的，绒毡层。它隐不掉。我对猫做了些准备工作，诸如用药把猫的血漂白，给它服了鸦片，然后把它和枕头一起放到仪器上。它的身体渐渐消失不见了，只剩下眼睛里的两个小鬼影。”

“奇怪！”

“我无法解释。当然，它用绷带包扎着，被夹具固定着，所以是安全的。它醒了过来，凄厉地喵喵直叫，身体仍然模糊不清。有人敲门，是楼下的老太太，她怀疑我在做活体解剖。她是个喝多了的老家伙，在这世上唯一关心的就是这只白猫。我匆匆倒了些氯仿[1]出来，抹在猫身上，然后去开门。

“‘我听到猫叫了吗？’她问，‘是我的猫？’

“‘不在这儿。’我彬彬有礼地回答。

“她有点怀疑，越过我朝屋里窥视。毫无疑问，她觉得很奇怪——光秃秃的墙壁、没有帘子的窗户、带脚轮的矮床、振动的煤气机、翻腾的辐射源，还有一丝刺鼻的氯仿味。最后她不得不表示信服，转身走了。”

“花了多长时间？”肯普问。

“那只猫——三四个小时。骨头、肌腱、脂肪以及有色

---

1 氯仿（chloroform），即三氯甲烷，无色透明液体，有特殊气味。在医学上常用作麻醉剂。

毛发的末梢是最后一批隐掉的。如同我前面所说，眼睛背面那层彩虹色的膜，很顽固，根本隐不掉。

“实验终于做完了。外面早就漆黑一片，除了猫爪和那双暗淡的眼睛，什么也看不见。我关掉煤气机，摸到那只还没醒过来的猫，拍了拍它，给它松绑。我累了，留下它在看不见的枕头上睡觉，自己也去睡了。然而我难以入睡，胡思乱想着那些没有方向的东西，一遍又一遍地回放着那个实验，要不就是兴奋地梦见周遭的东西变得模糊起来，直到消失不见。我脚下的土地也消失不见了，于是我做起了坠入深渊的噩梦。凌晨两点左右，那只白猫喵喵地叫唤起来。我跟它说话，试着让它安静下来，后来我决定把它赶出去。擦亮火柴的时候，我吓出一身冷汗，只有一双圆圆的眼睛闪着绿光，周围什么也没有。我想倒点牛奶给它，可是牛奶没了。它不肯安静下来，坐在门口喵喵地叫个不停。我想抓住它扔出窗外，但我抓不到它，它消失了。喵喵声从屋里的各个角落传来。最后我只好打开窗户往外乱赶。我想它终于出去了。我再也没有见到过它。

“然后，天知道是为什么，我又想起了父亲的葬礼，想起了阴沉的当风的山坡，一直想到天亮。我知道睡着是不可能的了，干脆锁上门，走到早晨的大街上。”

“你的意思是有只隐身猫在逃！”肯普说。

“要是它没被人打死，”隐身人说，“有何不可？”

“有何不可？”肯普说，“我不是故意打断你的。”

“很可能被人打死了，”隐身人说，“我知道四天后它还活着，因为我看见一群人围在大蒂奇菲尔德街一个栅栏边，议论喵喵叫是从哪儿传来的。”

他沉默了约一分钟，突然开腔：

“我对巨变前的那个早晨记忆犹新。我肯定去了大波特兰街，我记得奥尔巴尼街的兵营，骑兵从里面出来，最后我发觉自己坐在阳光下的樱草山顶，感到极不舒服。那是一月的一个晴天，那年下雪前的一个晴朗而严寒的日子。我疲惫的大脑思考着当前的处境，筹划着下一个行动计划。

“我惊讶地发现，虽然成就已经唾手可得，但我觉得它并无说服力。事实上，将近四年的持续工作已经让我筋疲力尽，巨大的压力使我失去了对情感的感受力。我变得麻木不仁。我想找回对研究最初的那份热情，那份强烈到能把父亲之死抛在脑后的热情，然而却徒劳无功。我觉得什么都无关紧要。我清楚地看到，这种情绪是暂时的，是过度工作和睡眠不足造成的，通过吃药或休息，就能恢复活力。

“有一点我再清楚不过，这件事必须进行下去。这个固执的想法仍然支配着我。我的钱就快花光了。我环顾四周，孩子们在山坡上玩耍，姑娘们在看着他们，我努力想象着一个隐身人在这个世界上将占有多么巨大的优势。过了一会儿，我慢慢地走回家，吃了点东西，服用了大量的士的宁，然后在凌乱的床上和衣而睡。士的宁是一种极好的兴奋剂，肯普，可以将一个男人的有气无力一扫而空。”

“那是魔鬼，”肯普说，“是装在瓶子里的旧石器时代。”

“我醒来时精神焕发，而且相当易怒。你知道？”

“我知道那东西。”

“有人笃笃笃地敲门。是我的房东，一个波兰犹太老头。他身穿灰色长外套，趿着油腻的拖鞋，一副兴师问罪的样子，一口咬定昨晚我虐猫了——老妇人的舌头可真长。他要我老实交代。这个国家对活体解剖的处罚非常严厉——他可能要负连带责任。我矢口否认。他说整栋房子都能感觉到小煤气机的振动。当然，那是真的。他绕过我走进房间，透过德国银丝眼镜四处窥探。我害怕他发现我的秘密，就用它身体挡住浓缩装置，结果他更加好奇了。我在搞什么名堂？为什么总是一个人偷偷摸摸的？合法吗？有危险吗？我就交了房租而已。他的房子在这个声名狼藉的街区里算是最好的了。我火气蹭地上来了，叫他滚出去。他开始抗议，喋喋不休地说他有权进来。我一把抓住他的衣领，还撕破了什么，他这才滚回走廊里。我砰地把门关上，上了锁，坐在那儿直发抖。

“他在门外大呼小叫，我置之不理，过了一会儿他就走了。

“不过这样一来，事情严重起来了。我不知道他会做出什么举动，甚至不知道他有权怎么做。搬到新公寓意味着耽搁，我的全部身家只剩下不到二十英镑，大部分存在银行里，我负担不起。把我自己变成隐身人！这个想法令人无法抗拒。之后他们会来调查，洗劫我的房间——

“一想到我的杰作可能会在大功告成那一刻被暴露或打断，我就变得怒不可遏。我带着三本记事簿和一本支票簿（现在都在流浪汉手里），匆匆赶到最近的邮局，把它们寄往大波特兰街的包裹寄存处。我悄无声息地走了出去。回来的时候，我发现房东正蹑手蹑脚地上楼，我想他听到关门的声音了。你要是看到我在楼梯口追上了他，他慌忙挪身让道的情景，肯定会忍俊不禁。他瞪了我一眼，我重重地把门关上，整座房子都在颤抖。我听到他拖着脚步走到门口，犹豫了一下，又下楼去了。我马上着手准备。

“那天晚上全搞定了。在给血液脱色的药物作用下，我昏昏欲睡地坐在那里，这时突然传来接二连三的敲门声。

过了会儿不敲了，脚步声远去又回来，敲门声再度响起。有人想从门底下塞进一张蓝色的纸。我一气之下站了起来，走过去把门猛地打开。

“‘有什么事吗？’我说。

“是房东，带着驱逐通知而来。他伸出手把它递给我时，注意到我的手有些异样，便抬起眼睛看我的脸。

“他顿时瞠目结舌，接着含糊不清地惊叫一声，扔掉蜡烛和纸条，踉踉跄跄地穿过漆黑的走廊下了楼。我关上门，上好锁，走到镜子前。我明白他的恐惧了。我的脸是白色的——像白色的石头。

“这一切太可怕了。我没想到会那么遭罪。被剧痛、恶心和昏厥折磨了一整晚。我的皮肤在灼烧，全身都在灼烧，但我咬紧牙关，死命地牢牢躺在那里。怪不得那只猫会哀号个不停，直到我给它施用氯仿。幸好我是一个人住，是个被忽略的人。我时而抽噎，时而呻吟，时而自言自语。我坚持了下来。我失去了知觉，后来在黑暗中慢悠悠地苏醒过来。

“疼痛终于过去了。我觉得我在自杀，但我不在乎。我永远忘不了那个黎明，也忘不了那种奇怪的恐惧：我看到自己的双手变得像毛玻璃一样，看着它们随着时间的流逝变得越来越透明、越来越薄，直到我闭上透明的眼帘，隔着透明的双手，看到房间里令人作呕的凌乱景象。我的四肢也变得光亮透明，骨头和动脉都逐渐消失了，最终连白色的小神经也消失了。我咬紧牙关，坚持待在那里，直到最后一刻。最后只能看见苍白的指甲尖和手指上酸性液体留下的褐色斑点。

“我挣扎着站了起来。起初我像襁褓里的婴儿一样柔弱无力，用看不见的双脚迈着步子。我虚弱极了，肚子也很饿。我走到剃须镜前，可镜子里什么也没有，唯一能照见的是视网膜后面残留着的一层比雾还淡的色素。我紧紧抓住桌子，把前额贴在镜子上才能看清。

“我凭借疯狂的意志力，把自己拖回仪器前，完成了整个实验。

“我把被单拉到眼睛上方挡住光线，睡了一上午。中午时分，我又被敲门声吵醒了。我恢复了元气，坐起来竖耳倾听，听到一声低语。我一跃而起，轻手轻脚地把仪器的接头拆开，把它们分散放在四处，以销毁曾经组装在一起的迹象。敲门声又响了起来，夹杂着叫门声，先是我的房东，然后是另外两个人。为了争取时间，我应了一声。接着我抓起被我隐掉的呢绒和枕头，打开窗户，把它们扔到水箱盖上。窗户刚一打开，门就被重重地撞了一下。有人试图把门锁撞开。我几天前装了一个结实的插销，这时候派上了用场。我又惊又怒，身体直哆嗦，赶紧加快动作。

“我把废纸、稻草、包装纸等等堆在屋子中央，然后打开煤气。我听见拳头像雨点般砸在门上。我找不到火柴，气得咚咚锤墙。我关上煤气，爬到窗外的水箱盖上，轻轻地放下窗扇，然后坐了下来，观看屋里的动静。这儿很安全，他们也看不见我，但我还是气得浑身发抖。我看到他们劈开一块木板，接着就敲掉插销上的钉子，站在洞开的门口。是房东和他的两个继子，两个二十三四岁的壮汉。楼下那个老丑婆焦躁地跟在他们身后。

“你可以想象他们发现屋里空无一人时的惊讶。一个小伙子立刻冲到窗前，推开窗扇向外张望。他瞪大的眼睛、厚厚的嘴唇和满脸的大胡子离我的脸仅有一英尺远。我忍住了对着那张傻脸来一拳的冲动。他盯着我看。其他人也加入他盯着我看。房东老头检查了床底下，然后他们齐齐冲到橱柜前。他们用意第绪语和伦敦腔争论了老半天，最后断定刚才我并没有答话，是他们的幻觉欺骗了他们。老太婆也进来了，像只猫一样一脸疑惑地东看西看，试图理解我的行为之谜。我坐在窗外看着这四个人，一股欢欣之情油然而生，怒气也就消了。

“我大致听得懂老头操的方言，他说他同意老太婆的看法，认为我是个活体解剖专家。两个继子用含混不清的英语表示异议，说我是个电气技师，因为现场有发电机和辐射器。事后我发觉他们把前门闩上了，不过他们依然紧张得要命，显然是怕我突然回来。老太婆也把橱柜和床底下检查了一遍，一个小伙子推开烟囱的挡板，从烟囱里朝上张望。这时住在对门的蔬菜小贩（他和一个屠夫合租）出现在楼梯口，他们把他叫了进来，前言不搭后语地把经过讲给他听。

“我突然想到，如果辐射器落入受过良好教育的聪明人手中，那我的秘密就暴露了。于是我伺机爬回房间，两台小发电机正上下摞在一起，我把上面一台推翻，两台机器应声都摔碎了。趁着他们给摔碎声寻找一个解释的时候，我溜出房间，轻轻地下楼了。

“我走进一间客厅，等他们下来。他们下来的时候仍在胡乱猜想、争论不休，都对没有发现‘恐怖的事’略感失望，并对我的身份来头颇感不解。我拿着一盒火柴溜了上去，将那堆纸头和垃圾点燃，把椅子和被褥也扔进火堆里，用一根橡皮管将煤气引过来，然后向这间屋道永别。”

“你一把火把房子烧了！”肯普叫道。

“是的，一把火把房子给烧了。这是掩盖我踪迹的唯一办法——当然，这房子投过保。我悄悄拉开前门的门闩，走到了街上。我是隐身的，我刚刚开始意识到隐身给我带来了多么非凡的优势。我的脑子里已经充斥着疯狂而美妙的计划，现在我可以肆无忌惮地着手去做了。”

第二十一章
牛津街

“下楼时，我遇到了意想不到的困难，因为我看不见自己的脚。事实上，我绊倒了两次。拉门闩时也很别扭。不过只要眼睛不往下看，我在平地上走得还不错。

“我说呀，我心里扬扬得意。我就像一个视力健全的人，穿着软垫鞋和不发出声响的衣服，行走在一个全是盲人的城市。我有一种强烈的想要捉弄人的冲动，想吓唬别人，拍拍他们的后背，或是把他们的帽子摘下来扔掉。总的来说，我陶醉于自己的非凡优势。

“可我刚走到大波特兰街（我的住所在一家大布店附近），只听砰的一声，我的后背被猛地撞了一下。我转过身一看，只见一个提着一篮子苏打水瓶的家伙正惊愕地看着自己的篮子。虽然撞得很痛，但我被他的神情逗乐了，抑制不住地大笑起来。‘篮子里有鬼。’我说着一把抢过篮子。他不由自主地松开了手，于是我就把整个篮子抛向空中。

“有个傻乎乎的马车夫站在一家酒馆外面，见状便冲了过来，试图接住篮子。他的手指戳到了我耳根，疼得我受不了，就由着篮子砸到了他身上。周围响起了叫喊声和脚步声，人们匆匆跑出商店，车辆纷纷停在路边，我这才意识到自己惹了麻烦。我一边骂自己愚蠢，一边背靠橱窗，准备伺机逃脱。我差一点就被挤进人群中了，那样的话肯定会被人发现。我推开一个小肉贩，躲到马车夫的四轮马车后面，幸好他没有转过身来，也就没看到是一个子虚乌有的东西推的他。这副乱哄哄的场景是怎么收场的我不得而知，反正我急匆匆地穿过一条通畅的街道，由于害怕被发现，我慌不择路地只顾向前走，接着就钻进了牛津街下午的人流中。

“我想融入人流，但对我来说人太多了，一转眼我的脚跟就被踩到了。于是我就沿着排水沟走，但排水沟的表面粗糙不平，走得我双脚生疼。一辆出租马车缓缓驶过，车辕猛地戳到我的肩胛骨下方，提醒了我后背淤青得厉害。我踉跄着给马车让路，又急忙避开一辆婴儿车，跟在了马车的后面。我灵机一动，干脆就紧紧跟在慢吞吞的马车后面。我浑身打着哆嗦，惊叹于自己的冒险之旅。那是一月份的一个晴天，路上那层薄薄的烂泥冻住了，而我全身没有一丝衣服遮体。现在想来，我可真够蠢的，都没想到无论身体透明与否，都得经得起天气及其后果的检验。

“我又冒出一个好主意。我绕到前面，爬上马车。我抖个不停，胆战心惊，还抽着鼻子——那是感冒的先兆，而背上的瘀伤也愈发疼痛了。马车载着我慢慢行驶在牛津街上，驶过托特纳姆法院路。可以想象，我的心情和十分钟前出发时大不相同。这隐身术可真行！眼下我满脑子想的都是如何摆脱窘境。

“出租马车缓缓驶过穆迪图书馆[1]时，一个手拿五六本贴着黄色标签的书的高个子女人招手打车。我及时跳车避开了她，逃窜时差点被一辆铁路货车撞飞。我沿着通往布鲁姆斯伯里广场的车行道奔逃，打算向北经过博物馆[2]，进入一个安静的区域。我冷得要命，这种奇怪的处境也令我深感不安，我不禁边跑边抽泣起来。在广场的西角，从药

---

1 穆迪图书馆（Mudie’s），维多利亚时代举足轻重的图书馆。

2 或为大英博物馆。

学会的办公室里跑出一只小白狗，不能自制地一路嗅着朝我冲来。

“鼻子之于狗就如同眼睛之于人，我以前从未意识到这一点。狗能嗅出人的气味，正如人有视觉一样。这只畜生又吠又跳，看来一定是察觉到我了。我穿过大拉塞尔街，回头看了两眼，然后沿着蒙太古街跑了一段，这才知道自己在往哪个方向跑。

“这时传来一阵刺耳的音乐声，我循声沿着街道望去，见许多人正从拉塞尔广场拥出来，他们身穿红衫，领头的打着救世军[1]的旗帜。这么一大群人，在马路上反复高唱，在人行道上大声取笑，我不可能穿进去的，往回走我又害怕离家越来越远。一时冲动之下，我跑到博物馆围栏对面一座房子的白色台阶上，打算等人群通过再下来。幸好，那只狗在乐队的喧闹声中停了下来，踌躇了一下，掉头跑回布鲁姆斯伯里广场去了。

“乐队过来了，大声唱着圣歌，‘我们何时才能见主的

---

1 救世军（Salvation Army），由卜维廉、卜凯瑟琳夫妇于1865年在伦敦创立，是以基督教作为信仰的国际性宗教及慈善公益组织，致力于消除贫困、失业和无家可归等状况。

脸’？声音里带着无意识的讽刺。人群如潮水一般，从我面前的人行道上冲刷而过，对我来说无比漫长。咚、咚、咚，轰隆隆的鼓声由远及近，发出回响。我没注意到有两个顽童站在离我不远的栏杆旁。

“‘看这个。’一个孩子说。

“‘看什么？’另一个问。

“‘怎么回事，这些脚印——赤脚的脚印。跟你在烂泥里留下的一样。’

“我往下一看，见两个孩子停下脚步，目不转睛地盯着我在新粉刷的台阶上留下的泥泞脚印。路过的人用肘部推搡他们，但他们该死的好奇心被激发了。‘咚，咚，咚，何时，咚，才能见，咚，主的脸，咚，咚，咚。’‘有个赤脚的人跑台阶上去了，不然讲不通，’一个孩子说，‘他肯定没有下来过，而且他的脚在流血。’

“人潮总算过去了。‘瞧，泰德！’年纪稍小的侦探指着我的脚，尖叫着说。我低头一看，地上有两只脚的模糊轮廓，是用泥点子勾勒出来的。我一时呆若木鸡。

“‘怎么回事，太奇怪了，’大一点的孩子说，‘见鬼了！难道那是鬼的脚印？’

“他犹豫了一下，伸手向我抓来。一个男人停下来看他在抓什么，然后是一个女孩。眼看就要抓到我了。我知道该怎么做了。我向前迈了一步，男孩惊呼一声，直往后退。接着我飞身钻进隔壁家的门廊。然而年纪稍小的那位目光够敏锐，捕捉到了我的动作。我还没跑下台阶冲到人行道上，他就从惊愕中恢复过来，大声喊着说两只脚已经逃走了。

“他们跑了过来，看到了我在最下面几级台阶和人行道上留下的脚印。

“‘出什么事了？’有人问。

“‘脚！瞧！两只脚在跑！’

“除了我身后的三个追兵外，路上的人都跟着救世军向前拥去，人群不仅挡住了我，也挡住了他们。一阵七嘴八舌的惊讶和询问。我撞倒一个小伙子才冲出重围，接着就绕着拉塞尔广场跑起圈来。六七个吃惊的家伙循着我的脚印紧追不舍。幸好他们没有时间向人解释，否则所有的人都会跟着追来。

“我跑了两圈，横穿三次马路，然后返回到自己的老路上。我的脚变得又热又干，泥水印渐渐消失了。我终于有了喘息之机，用手把脚擦干净，就这样一走了之。最后，我看到大约一打追兵一头雾水地研究一个快要干了的脚印——那是我在塔维斯托克广场踩到一个小水坑的结果——这个孤零零的脚印让他们感到不可思议，那种心情就跟克鲁索[1]在海边发现一个人的赤足脚印时一个样。

“这一路的奔跑让我暖和起来，也让我有勇气走上迷宫般的僻路。我的后背变得僵硬又酸痛，扁桃体被马车夫的手指戳得生疼，脖子也被他的指甲抓破了。我的双脚疼痛难忍，有只脚因为划伤瘸了。我看见一个瞎子向我走来，连忙一瘸一拐地逃开，我害怕瞎子敏锐的直觉。有那么一两次，我意外跟人相撞，把他们吓得惊恐万状，我还留下两句无法解释的咒骂在他们耳边回响。穿过广场的时候，有样东西悄然无声地触摸我的脸，是一层薄薄的慢慢飘落的雪花。我感冒了，竭力忍着不打喷嚏，但偶尔还是会打出来。我看见的每条狗都用尖鼻子好奇地嗅来嗅去，弄得我胆战心惊。

“接下来，我看到大人和小孩在奔跑，先是一个，后来越来越多，一边跑一边尖叫。有地方着火了。他们朝我住所的方向跑去，我转身望向那条街，见屋顶和电话线上冒出滚滚黑烟。是我的住所在燃烧，除了我的支票簿和在大波特兰街等着我的三本记事簿外，我的衣服、仪器和物品

1 克鲁索（Crusoe），指《鲁滨逊漂流记》主人公鲁滨逊·克鲁索。

都在那里。烧吧！我破釜沉舟了——真有人会这么做！那里火光冲天。”

隐身人停下来思索。肯普紧张不安地瞥了一眼窗外。

“是吗？”肯普说，“请继续说。”

第二十二章
在百货商店

“一月的天空开始刮起暴风雪——如果落在我身上，就会暴露我的行踪！我又累又冷又疼，身上说不出的难受，对自己隐身的能力依然半信半疑。就这样，我开启了我所致力于的新生活。我没有避难所，没有家用器具，在这个世界上没有一个可以信赖的人。跟别人倾吐秘密等于暴露自己，让自己成为别人眼中的罕有品种。尽管如此，我还是想跟路人搭讪，乞求他们的帮助。但我再清楚不过，这么做会招致多么恐怖和残忍的后果。我走在街上，没有进一步的计划。我一心只想找到一个可以躲避风雪的地方，弄点衣服遮体，让自己先暖和起来，然后再作下一步打算。但是伦敦一排排的房子门窗紧锁、固若金汤，连我这个隐身人都休想进入。

“只有一件事我看得清清楚楚，那就是暴风雪的夜晚，全身赤裸的寒冷和痛苦。

“我想出一个高明的主意。我拐到一条从高尔街通往托特纳姆法院路的道上，来到奥姆尼姆百货商店门前。你们知道这地方，里面应有尽有，肉类、杂货、织品、家具、衣服，甚至还卖油画。与其说是一家商店，不如说是一大堆迷宫般的商店。我本以为门是开着的，却发现都关着。当我站在宽阔的入口时，一辆马车在外面停了下来，一个穿制服的人猛地把门推开。他的帽子上印着奥姆尼姆的字样，你知道这种人。我跟在他后头进去了，经过一个售卖丝带、手套、长袜之类商品的区域，来到一个更宽敞的地方，那里专门卖野餐篮和柳条家具。

“但是那里人来人往，让我感到不安全。我不安地悄悄来回游走，最后在楼上发现一个放着大量床架的开阔区域。我终于在一大堆折叠起来的毛屑床垫中间找到一个安身之处。里头已经亮了灯，温暖宜人，我决定待在这里，密切注视那两三拨走来走去的店员和顾客，直到店里打烊。然后我就可以去偷取食物、衣服，把自己乔装起来，在店里潜行，查看商品，兴许还能在铺盖上睡一觉。这似乎是一个可以接受的计划。我得弄到衣服，把自己包裹起来，装扮成一个可以接受的人，再去搞钱，取回我的记事簿和包裹，最后找个地方住下来，制订计划，以便将隐身术给予我的优势发挥到极致（现在我还这么想）。

“打烊时间很快就到了。我在床垫上待了不到一个小时，就看到窗帘被拉下来，顾客们鱼贯而出。一群手脚麻利的年轻人热火朝天地整理起被翻乱的商品。见顾客们渐渐都走了，我离开自己的藏身处，悄然走向平日里人流量没那么稀少的区域。年轻的男女店员在收拾白天陈列的商品，速度之快令我大为惊讶。一盒盒的商品、挂着的织物、花彩饰物、杂货部的糖果盒、各式各样的陈列品被收起来折叠好，塞进整洁的箱子。拿不下来的就将看起来像是粗麻布的粗布甩上去遮住。最后，所有的椅子都被翻过来放在柜台上，地板上也被收拾得干干净净。活计一干完，他们就向门口奔去，那种一脸的活力我很少能在店员脸上看到。接着来了许多少年，他们提着水桶和扫帚，往地上撒锯屑。我不得不赶紧躲开，事实上，我的脚踝被锯屑刺得生疼。我在已经放下窗帘的黑漆漆的区域里徘徊了一会儿，耳畔是扫帚沙沙的扫地声。打烊一个小时后，终于传来了锁门声。周围一下子被寂静笼罩，只剩下我独自一人在这庞大而复杂的商店、画廊和陈列室里四处游荡。真的太寂静了，在靠近托特纳姆法院路的一个门旁边，我听到了路人鞋跟轻敲地面的声音。

“首先，我来到卖男袜和手套的地方。这里很黑，我拼命地寻找火柴，终于在小收银柜的抽屉里找到了。我还需要一支蜡烛。我撕下包装纸，翻遍多个盒子和抽屉，最后终于找到了我想要的东西，一个标签上写着羊羔毛裤和羊羔毛背心的盒子。然后我找到了短袜和厚围巾。接着我来到服装部，收获一条裤子、一件休闲西装、一件大衣和一顶垂边软帽——就是牧师戴的那种帽檐往下翻的帽子。我又觉得自己是一个人了，接下来该找吃的。

“楼上有点心部，我在那里找到了冷肉。壶里还有咖啡，我打开煤气热了一下，总的说来我干得还不赖。我四处寻找毯子未果，最后不得不将就着使用一堆羽绒被。杂货部里有的是巧克力和蜜饯（对我来说太多了些），还有白勃艮第。一旁是玩具部，我有了一个好主意。我看到了假鼻子，你知道，就是那种人造鼻子，由此我想到了墨镜。但是奥姆尼姆没有眼镜部。我的鼻子是个难题，我一度想过画一个。这个发现让我继而想到假发、假面具之类的东西。最后我蜷在一堆温暖舒适的羽绒被里，进入了梦乡。

“入睡前的最后一个念头愉悦极了，隐身以来我从未那么愉悦过。我的身心安宁而平静。我想我明早应该可以穿着衣服偷偷地溜出去，用白包装纸遮住脸，再用偷来的钱购买墨镜等物品，完成乔装打扮。我陷入了杂乱无序的梦境，梦到的全是过去几天发生的奇妙事情。我看见丑陋的犹太房东在他的房间里大声叫嚷，看见他的两个继子惊呼连连，看见满脸皱纹的老妇人向我索要她的猫。目击白呢绒化为无形时的奇异感觉再度袭来，我来到当风的山坡上，抽着鼻子的老牧师咕哝着‘尘归尘，土归土’[1]，父亲的墓穴门户洞开。

“‘你也进来。’一个声音说。紧接着我就被强行往墓里拖。我拼命挣扎，向吊唁者大声呼救，但是他们无动于衷，继续进行着葬礼。老牧师也是一样，自始至终都在抽着鼻子唠唠叨叨。我意识到他们既看不见我，也听不见我的呼喊，而那股压倒性的力量牢牢地攫住了我。我徒劳地挣扎着，被拖到墓穴边上，只听一声低沉的闷响，我掉到了棺材上，一铲又一铲的砾石劈头盖脸地飞落下来。没有人注

1 尘归尘，土归土（dust to dust, earth to earth），出自1549年英国教会克蓝玛大主教给所有教会使用的《公祷书》。

意到我，没有人知道我的存在。我猛烈挣扎着，忽地惊醒过来。

“伦敦昏暗的黎明已经来临，死灰色曙光透过窗帘的边缘照射进来，撒满整个屋子。我坐起身，看着宽敞的房间和里面的柜台，一堆堆卷起来的东西、被子和垫子，还有铁制的柱子，一时间忘了自己身在何处。当记忆开始回来时，我听到了谈话声。

“远处一个部门已经卷起窗帘，显得亮堂得多，我看见两个人从那边向我走来。我一骨碌爬起来，四下张望，寻找脱身的路线。他们被我发出的声响惊动了。我想他们看到了一个人影在悄悄地疾步离开。‘那是谁？’一个人喊道。‘站住！’另一个人喊道。我冲过一个拐角，全速撞上一个十五岁的瘦长男孩——请注意，我是一个无脸人！男孩被我撞翻了，失声惊叫起来。我从他身边冲过，又拐了一个弯，然后机灵地躺到柜台后面。一连串急促的脚步声从我身边经过，我听到有人在喊‘快把门守住’！‘什么情况’？还有人在出主意怎么捉拿我。

“我躺在地上，吓得魂不附体。但奇怪的是，当时我没想到脱衣服，我应该那么做的。我想我已经下定决心要穿着衣服逃走，这个念头支配了我。就在这时，柜台前有人喊道，‘他在这儿’！

“我一跃而起，从柜台上抄起一把椅子，掷向那个嚷嚷的傻瓜。我转过身，在拐角处又撞到一个，我一拳打得他晕头转向，然后冲上楼梯。他站稳脚跟，‘噢哟’了一声，便向我追来。楼梯上堆了好多颜色鲜艳的陶罐——它们叫什么来着？”

“艺术陶罐。”肯普提醒说。

“对！艺术陶罐。嗯，我跑到最上面一级台阶，转过身来，从陶罐堆里抱起一个，在他向我扑来时狠狠地砸到他愚蠢的脑袋上。整堆罐子都滚了下去，叫喊声和脚步声从四面八方传来。我疯了似的向点心部奔去，一个穿白衣服的厨子打扮的人冲我追来。我拼了命地拐了最后一个弯，发现周围全是灯具和五金。我躲到柜台后面，等厨子冲到近前时，我拿起一盏灯朝他砸去。他疼得直不起腰来，倒下去了，我赶紧蹲在柜台后，尽可能快地脱衣服。大衣、休闲西装、裤子和鞋子都顺利脱下来了，可羊羔毛背心就像附在皮肤上一样，怎么也脱不下来。我听到更多的人来了。厨子悄无声息地躺在柜台那头，不是惊呆了就是吓呆了。我不得不再度向外冲去，像被猎人赶出柴堆的兔子。

“‘警察，这边！’我听到有人在喊。我发现我又回到了那个存放床架的区域。它的另一头是一大堆衣柜，我冲到衣柜中间，躺倒在地，扭动了许久才终于把背心脱掉。当警察和三个店员从拐角处走过来的时候，刚刚恢复自由身的我正气喘吁吁、惊恐万分。他们扑向背心和裤子，一把揪住裤子。‘他正在扔掉赃物，’一个小伙子说，‘他一定还在这儿。’

“但是他们照样找不到我。

“他们在我眼皮底下寻找我，我看着他们，暗骂自己运气真背，把衣服给弄丢了。然后我走进点心部，找到点牛奶喝了，坐在炉边细想自己的处境。

“过了一会儿，两个店员走了进来，他们眉飞色舞地谈论着刚才的事儿，像两个十足的傻瓜。听到他们夸大我的行径，胡乱猜测我的下落，我不禁又盘算起来。商店的人都被惊动了，把赃物带出去可谓难上加难。我走进仓库，想看看是否有机会打个包裹、写上地址，但我不了解这里的归档系统。十一点左右，大雪初融，天气比前一天好，稍微暖和了一点。我对这家百货商店不再抱有幻想，便走了出去。计划泡汤令我恼怒，至于下一步该怎么走，我脑子里只有模糊的概念。”

第二十三章
在德鲁里巷

“隐身给我带来了诸多劣势，现在你知道了吧，”隐身人说，“我没地方住，没有衣服穿。一旦穿上衣服，就等于放弃了我所有的优势，把自己变成一个怪诞又可怕的东西。我还在禁食，因为尚未消化的食物会显现出怪异的形影。”

“这个我从没想到过。”肯普说。

“我以前也没想到过。下雪天也提醒过我其他危险。雪天我不能去户外，雪花落到身上会让我现形；雨也一样，会使我成为一个水汪汪的轮廓，一个晶莹发亮的人形水泡；还有雾——雾中的我就像一个朦胧的气泡，一个闪着微光的人形气泡。此外，身处伦敦的室外，我的脚踝会沾染尘土，皮肤会沾上煤灰。我不知道自己再过多久会现出原形，但我很清楚用不了太久。”

“在伦敦是用不了太久。”

“我走进大波特兰街附近的贫民窟，来到我住的那条街的尽头。我没有往里走，因为街上挤着好多人，面朝着被我放火烧掉的那座房子。房子已经成了废墟，还冒着黑烟。当务之急是弄到衣服。怎么处理我的脸也是个问题。我看到一家小杂货店，售卖报纸、糖果、玩具、文具、迟来的圣诞玩具，诸如此类——店里还摆放着一批假鼻子和假面具。我意识到脸的问题已经迎刃而解——我瞬间找到了处理问题的方法。我转过身，不再漫无目的地游荡，而是绕开繁忙的马路，向斯特兰德大街的后街走去。我依稀记得那一带有几家卖戏装的商店。

“天很冷，南北向的街道上刮着凛冽的寒风。我步履匆匆，以防被人追上。每个十字路口都意味着危险，每个过路行人都得提防。在贝德福德街的街口，我正从一个行人身边走过，不料他倏地转过身来，和我撞了个满怀。我被撞到路中央，险些滚到一辆出租马车的车轮下。马车夫以为他中风了。我被吓得不知所措，走进科芬园市场，找了个安静的角落坐了一会儿，旁边是一个紫罗兰花摊。我气喘吁吁，直打哆嗦。我明白自己感冒了，此地不宜久留，因为打喷嚏会引起别人的注意。

“我终于找到了我的目的地。在德鲁里巷附近一条偏僻的小路上，有一家脏兮兮的小店，橱窗里摆满了金箔长袍、假珠宝、假发、拖鞋、连帽斗篷和剧照。店铺很老式，又矮又暗，上头还有四层，感觉很阴沉。我透过橱窗往里张望，见里面没有人，就进去了。门一推开，叮当的铃铛声响了起来。我没有关门，绕过一个空衣架，走到可转穿衣镜后面的角落里。大约一分钟后，我听到沉重的脚步声穿过房间，一个男人出现在眼前。

“我的计划已经完全明确了。我打算潜入屋里，藏到楼上伺机行事。等一切安静下来，就出来翻找假发、面具、眼镜和戏装，把自己装扮好再重返世界。也许看起来很怪异，但至少是个人的样子。顺便说一句，我当然可以把翻出来的钱全部顺走。

“来人身材矮小、背有点驼、浓眉、长胳膊、罗圈短腿。我显然打断了他吃饭。他用期待的神情扫视着铺面。当他看到里面空无一人的时候，先是面露惊讶之色，然后恼怒起来。“该死的捣蛋鬼！”他说。他走到街上来回张望，一会儿又进来了，朝前门狠狠踹了一脚，嘟哝着向里屋的门走去。

“我上前跟在他后面，他听到我的动静，突然停住脚步。我被他敏锐的听觉吓了一跳，也停住了脚步。他在我面前砰地把门关上。

“我站在那里犹豫不决时，急促的脚步声又回来了。门开了，他伸长脖子朝里面四下扫视，一脸的不相信。接着他到柜台和固定设施后面查看了一番，嘴里喃喃自语。最后他满腹狐疑地站住了。他没关里屋的门，我趁机溜了进去。

“那是一个奇怪的小房间，陈设简陋，墙角堆放着许多大号面具。桌上摆着他延误的早餐，肯普，他进来继续吃早饭时，我不得不闻着咖啡的香味儿站着看他吃，把我气得七窍生烟。他的餐桌礼仪也让我一肚子火。小小的里屋有三扇门，一扇通往楼上，一扇通往楼下，但是都关着。他在屋里我就出不去，事实上我动都不能动，因为他警觉性极强。穿堂风吹到我背上，我两度及时憋住了喷嚏。

“虽然好奇是我骨子里的一大天性，但早在他吃完早饭之前，我就已经非常疲倦和愤怒了。他总算吃完了，把乞丐般的碗放在一个黑色锡托盘上（托盘上还放着一只茶壶），再把沾了芥末的桌布上的面包屑聚拢到一起，然后一股脑儿全带走了。他手上东西太多，没法关上身后的门——我从没见过这么喜欢随手关门的人。我跟着他来到地下室，走进脏乱不堪的厨房和洗涤室。一开始我很高兴，看到他忙着洗碗，但后来我发现待在下面没什么好处，脚踩在地砖上冷得够呛，便回到楼上，坐在炉火边的椅子上。炉火烧得不够旺，我想都没想就往里添了一点煤。听到声响，他立马上来了，瞪大眼睛东张西望，差点碰到我。仔细看了半天后，他似乎还不放心，下楼之前，他站在门口又朝里审视了一遍。

“我在里屋等了许久，他才终于上来，打开通往楼上的那扇门。我紧随其后。

“在楼梯上，他突然停了下来，我差点撞到他身上。他回过头来，盯着我的脸，倾耳细听。‘我敢发誓。’他说。他用毛茸茸的手拉扯着下嘴唇，眼睛在楼梯上来回打转。然后他哼了一声，继续往上走。

“他刚握住门把手就愣住了，脸上还是那副既恼火又困惑的表情。他注意到了周围细微的动静。这个家伙的听觉太敏锐了。他勃然大怒。‘要是这屋里有人的话……’他咒骂了一声，没有把威胁的话说完。他把手伸进兜里，没有摸到他想要的东西，于是他从我身边趺趺撞撞、咄咄逼人地下楼去了。我没有跟着他下去，而是坐在楼梯口等他回来。

“不一会儿他又上来了，嘴里还在嘀嘀咕咕。他打开房门，我还没来得及进去，门就砰地在我眼前关上了。

“我决意探访这座房子，尽可能不发出任何声响。房子很老旧，摇摇欲坠，也很潮湿，阁楼上的墙纸剥落了，老鼠成灾。有些门把手不灵活，我不敢去拧。我探查了几个房间，有的是空的，有的乱七八糟地堆满了舞台道具，从外表看是二手货。我在隔壁房间发现许多旧衣服。我迫不及待地翻检起来，一时间忘记了他生就一双敏锐的耳朵。突然间，耳畔传来鬼鬼祟祟的脚步声，我抬头一看，他正盯着翻乱的衣服看呢，手里握着一把老式左轮手枪。我一动不动地站着，他张大了嘴，眼神里充满了疑惑。

“‘一定是她，’他慢吞吞地说，‘该死的！’

“他轻轻地关上门，接着是钥匙转动的声音。他的脚步声消失了。我忽地意识到自己被锁在了屋里。我不知道该怎么办，从门口走到窗口，又从窗口走到门口，最后站在那里不知所措。一股怒火蹿了上来，不过我决定先找到衣服再作打算。我从架子上取下一摞，结果这动静又把他惊动了，他返了回来，神情更加邪恶。这一次他碰到我了，不禁惊愕地往后一跳，大惊失色地站在屋子中央。

“过了一会儿，他稍稍平静了一点。‘老鼠。’他低声说，手指放在唇上。他显然有点害怕。我蹑手蹑脚地往门口挪动，谁料一块木板蓦地嘎吱一响。这个可憎的握着枪的小畜生开始满房子跑来跑去，把门一扇扇锁上，钥匙装进兜里。看出他的企图后，我怒不可遏，没耐心再耗下去了。我已经知道房子里只有他一个人，所以我不再迟延，直接照着他脑袋狠狠来了一记。”

“你照着他脑袋来了一记！”肯普惊叫道。

“是的，把他打晕了。抡起楼梯口的一张凳子，趁他下楼时从后面给他来了一记。他像一袋旧靴子一样滚下楼去了。”

“但是——！我说！人类的共同准则——”

“那是对一般人定的。但是，肯普，我得乔装打扮走出那所房子，还不能让他发现。没别的法子了。我用一件路易十四时代的背心堵住他的嘴，再把他捆在床单里。”

“把他捆在床单里！”

“捆得像个麻袋似的。这真是个好主意，这样一来，那个白痴就害怕了、老实了。绳结打在脚那头，他想出来比登天都难。亲爱的肯普，别那样瞪着我，好像我杀了人似的，这样不好。我别无选择，他有左轮手枪。他一旦看到我，就能跟别人描述我——”

“可这是在今天的英国，”肯普说，“那人待在自己家里，而你在——抢劫。”

“抢劫！该死的！接下来你就要说我是贼了！当然，肯普，你还没傻到那个地步。你难道看不到我的处境吗？”

“那他的处境呢。”肯普说。

“你这话什么意思？”隐身人腾地站了起来。

肯普的脸色变得有点难看。他正要接茬，但克制住了。

“我想，毕竟，”他突然换了语气说，“你必须这么做。你陷入困境了。可是——”

“我当然陷入了困境——地狱般的困境。他在房子里四处找我，拿着左轮手枪挥来挥去，一会儿开门一会儿锁门，我都被他搞疯了。他就是在激怒我。你不会责怪我吧？你不怪我吧？”

“我从不责怪任何人，”肯普说，“现在不兴这套了。你接下来做了什么？”

“我饿了。我在楼下找到一条面包和一些难闻的奶酪——足够消除我的饥饿感。我喝了点兑水的白兰地，然后径直上楼，经过我即兴捆扎的袋子——他静静地躺在里面——走进堆了好多旧衣服的房间。这间屋子临街，两块脏得发黑的网眼窗帘把守着窗户。我透过窗帘的缝隙凝视着窗外。外面很明亮，明亮得刺眼，与房子里的阴暗形成鲜明对比。一队车流轻快地驶过，有几辆卖水果的马车、一辆出租用的二轮马车、一辆装载着箱了的四轮马车和一辆装鱼的运货马车。我转过身，看着身后幽暗的陈设，眼前金星乱舞。我的兴奋感又让位给了对自己处境的担忧。屋里弥漫着一股淡淡的苯汽油味，我想那是用来清洗长袍的。

“我开始进行全面搜索。看得出这个驼子独居很久了。他真是个怪人。我把可能用得着的东西都拿进藏衣室，然后再仔细甄选。我找到一个还蛮合适的手提包，还有一些扑面粉、胭脂和橡皮膏药。

“我本想在脸上涂脂抹粉，使别人能看得见我，但这样做的缺点在于，我需要松节油[1]等物品来让我再度消失，而且这个过程相当漫长。最后我选了一个模样还不错的面具（有点怪异，但跟很多人的长相比起来还算凑合）、一副墨镜、一把灰胡子和一顶假发。我没找到内衣，不过以后可以买。我暂时用白棉布连帽斗篷和白色山羊绒围巾把自己包裹了起来。我也没找到袜子，还好驼子的靴子很宽松，能将就着穿。店里一张桌子上放着三个金镑和大约三十先令的银币，里屋还有个锁着的柜子，我打开后找到八镑金币。我够格重返这个世界了。

---

1 松节油（turpentine），一种工业原料，可用于稀释、清洗油画颜料。

“接着我莫名其妙地迟疑起来。我的外表真的可信吗?我对着卧室里的小镜子照来照去，从各个角度审视自己，没有发现任何裂隙。我模样古怪，像是戏剧里的守财奴，但是身形如常。我鼓起信心，拿着镜子走到店堂里，拉下窗帘，借助墙角的可转穿衣镜，从各个角度打量自己。

“我花了几分钟鼓足勇气，然后推开店门，大踏步走到街上。我扔下那小矮子不管了，他想什么时候挣脱出来就什么时候吧。五分钟后，我已经拐过了十二个路口。似乎没有人特别留意我。最后一道难题似乎已经解决了。”

他说完停了下来。

“你就不担心那个驼子了？”肯普说。

“不，”隐身人说，“我也没听说他后来怎样了。他自己解开或是自己踹开了吧。结打得可紧了。”

他沉默不语了，走到窗前凝视着外面。

“你到了斯特兰德大街以后呢？”

“噢！又让我大失所望。我还以为麻烦结束了呢。我以为只要不泄露天机，就可以为所欲为。无论我做了什么，后果如何，都可以免受惩处。衣服脱了一扔，我就人间蒸发了。没人抓得住我，我可以见钱就拿。我决定先大快朵颐一顿，然后找间好旅馆住下，再积累一笔财产。我的自信心简直爆棚了——现在回想起来并不愉快，我可真够傻的。我走进一家餐馆，开始点午餐，这时我才意识到想吃东西的话，就得暴露我看不见的脸。我点完菜，跟侍者说十分钟后回来，然后恼羞成怒地出去了。我不知道你是否对自己的胃口感到失望过。”

“倒还没有，”肯普说，“但我可以想象。”

“我真想揍餐馆里的那些混蛋。最后我抵挡不住美味的诱惑，去了另一家馆子，要了一个单间。‘我毁容了，毁得很严重。’我说。他们向我投来好奇的目光，当然这不干他们的事，所以我终于吃到了午饭。这一顿没那么丰盛，但对我来说足够了。吃完后，我点上一支雪茄，酝酿起下一步的计划。外面下起了暴风雪。

“肯普，我越想就越觉得自己如此荒唐无助，一个隐身人，处在这天气寒冷恶劣、人潮拥挤的文明都市里。在我做这个疯狂的实验之前，我想象过隐身的上千个好处，可那天下午，隐身似乎成了一件令人失望透顶的事情。我在脑海里列举过男人想要拥有的东西。毫无疑问，隐身能让我得到它们，然而一旦拥有后，我却无福消受。抱负——如果不能露面，那身居高位又有何意义？如果女人的名字必须是黛利拉[1]，那拥有爱情又有何意义？我不喜欢政治，不喜欢逐名，不喜欢慈善，不喜欢体育。我该怎么办？我成了一个包裹起来的奥秘，一个包扎着绷带的漫画人物！”

他停顿了一下，好像瞥了一眼窗户。

“你是怎么到的伊平？”肯普急于让访客说下去。

“我去那里工作。我怀有一个希望，一个不成熟的想法！我仍怀着这个想法。现在已经成熟了。还原的方法！恢复到原来的样子。在我想要回到原样的时候。在我把隐身时该做的事情都做完之后。这是我最想和你谈的事儿。”

“你直接去了伊平？”

“是的。我去取了那三本记事簿和我的支票簿，带上行李和内衣，再订购了一批能帮助我实现想法的化学药品，然后就出发了。我一拿到记事簿就演算给你看。哎呀！我仍然记得那场暴风雪，真是麻烦透了，为了不让雪打湿我的纸鼻子。”

“最后，”肯普说，“也就是前天，当他们发现你的时候，你非常——据报上说——”

---

1 黛利拉（Delilah），又译作大利拉，《圣经》中参孙的腓力斯情人，为了钱财背叛了参孙。

“是的。非常。那个傻瓜警察被我打死了吗？”

“没有，”肯普说，“他有望康复。”

“算他走运。我大发雷霆了，那些傻瓜！他们能不能别打扰我？开杂货店的那个野蛮人怎样了？”

“应该没人毙命。”肯普说。

“那个流浪汉不知道怎样了。”隐身人苦笑着说。

“天哪，肯普，你不知道我有多恼火！埋头苦干了好几年，计划得天衣无缝，结果半路上杀出一群笨手笨脚尽捣乱的白痴！上帝创造出的最愚蠢的生物全被派来跟我作对。如果来得更多的话，我会发疯的，会把他们全部干掉。事实上，他们把问题搞困难了一千倍。”

“毫无疑问，这令人恼火。”肯普不动声色地幽默了一句。

第二十四章

计划泡汤

“但是现在，”肯普瞥了一眼窗外说，“我们该怎么办呢？”

肯普走近他的访客，以阻止他瞥见正向山上走来的三个人。在肯普看来，他们的步履缓慢得令人无法忍受。

“你去伯多克港的意图是？你有什么计划吗？”

“我本打算离开这个国家，但遇见你之后，我改变了计划。去南方是个明智的主意——现在天气很热，我用不着穿衣服，可以光着身子完全隐身地四处跑。尤其是我的秘密在这边已经广为人知，每个人都在寻找一个戴着面具、缠着绷带的家伙。伯多克港有去法国的轮船，我想搭上一艘，来次冒险的航行，然后再换乘火车去西班牙或阿尔及尔。这不是什么难事。我可以以隐身的状态长期生活在那里，做一些事情。在我想办法把记事簿和行李等寄到国外之前，我把那个流浪汉当储钱罐和行李搬运工使。”

“很清楚。”

“可是那个下流胚竟然抢劫我！他把我的记事簿藏起来了，肯普。藏我的记事簿！要是被我抓到——！”

“先把记事簿找回来吧。”

“可他人在哪里？你知道吗？”

“他在城里的警察局。按照他自己的要求，关在戒备最森严的一间囚室里！”

“这狗杂种。”隐身人说。

“会略微耽搁你的计划。”

“我们必须拿回那几本记事簿，它们至关重要。”

“当然，”肯普说。他有点紧张，好像听到了外面的脚步声，“一定要拿回来。如果他不知道它们是你的，那就不难拿回来。”

“他知道。”隐身人说。

肯普想找话题使谈话继续下去，不料隐身人主动开口了。

“肯普，误入你家改变了我所有的计划。因为你是个有理解力的人。尽管发生了那么多事情，尽管我被大张旗鼓地报道，尽管簿子丢了，尽管我遭受了那么多痛苦，但仍然有很大的可能性，巨大的可能性——”

“你没告诉别人我在这里吧？”他突然发问。

“显然没有。”肯普犹豫了一下说。

“一个都没告诉？”格里芬说。

“一个都没。”

“啊！现在——”隐身人站了起来，两手叉腰，在书房里踱起步来。

“我犯了个错误，肯普，一个大错，居然单枪匹马去做这件事。我浪费了精力、时间和机会。一个人的力量真的太有限了！抢不到几个，也伤不到几个，仅此而已。

“肯普，我需要的是一个守门员、一个帮手、一个藏身之处，一个让我可以安然入睡、吃饭、休息且不被怀疑的地方。我必须要有一个共犯。有了共犯，有了食物和休息，就一切皆有可能。

“以前我有点稀里糊涂。我们得分析隐身在哪些领域能发挥大作用，又在哪些领域发挥不了作用。比如在偷听上就作用不大，因为人总要发出声音。在入室行窃等方面也作用有限：我一旦被抓到，就容易被禁锢在屋里。当然要抓住我也绝非易事。事实上，隐身只在两种情况下非常管用：一是有助于逃跑，二是有助于靠近。因此，它在杀人方面特别有用。我可以神不知鬼不觉地靠近一个人，随心所欲地对他进行攻击，不管他持有什么武器。我想怎么躲就怎么躲，想怎么逃就怎么逃。”

肯普摸了摸他的小胡子。楼下有动静吗？

“我们必须要杀人，肯普。”

“我们必须要杀人，”肯普重复道，“我在听你的计划，格里芬，但我不同意。为什么非要杀人呢？”

“不是肆意地杀人，而是审慎地杀人。问题是他们已经知道有一个隐身人，正如我们知道有一个隐身人一样。现在，肯普，那个隐身人必须建立恐怖统治。是的，这无疑令人惊悚，但我是认真的。恐怖统治。他必须占领伯多克那样的城市，让它们陷入恐怖之中，将它们彻底征服。他必须发布命令。发布命令的方式有成千上万种——从门底下塞纸条就够了。不听从命令的，格杀勿论；保护不听从命令者的，格杀勿论。”

“哼！”肯普哼了一声，不再听格里芬说话——他听到了前门打开又关上的声音。

“在我看来，格里芬，”肯普掩饰着自己的走神，“你把你的共犯置于一个困难的境地。”

“没人知道他是共犯啊。”隐身人急切地说。

“嘘！楼下什么声音？”他突然。

“没有什么声音啊。”肯普突然提高音量和语速。

“我不同意，格里芬，”他说，“请理解我，我不同意。你怎么会渴望和全人类作对？那样的话你怎么能得到幸福？不要做独狼。公布你的成果。将这个秘密告诉全世界，至少告诉这个国家。想象一下你一夜之间多了千百万个帮手——”

隐身人打断了肯普。“有脚步声在上楼。”他低声说。

“胡说。”肯普说。

“让我看看。”隐身人说着，伸出胳膊向门口走去。

肯普犹豫了一下，接着连忙上前阻拦他。隐身人惊得愣住了。“叛徒！”隐身人叫道。睡袍敞开了，坐下来的隐身人开始脱衣服。肯普迅速向门口走了三步，隐身人大叫一声跳了起来，这时他的腿已经消失了。肯普猛地把门打开。

门一打开，下面就传来急促的脚步声和喧哗声。

说时迟那时快，肯普将隐身人往屋里一推，砰地把门关上。钥匙在锁眼里，早就准备好了。片刻之后，格里芬就会被独自关在书房里，成为一个囚犯。但是发生了一点小状况。早上钥匙是被匆匆塞进去的。肯普用力关门的时候，它哗啦掉到了地毯上。

肯普的脸唰地白了。他用双手死死抓住门把手，吃力地拉了一会儿，接着门被拉开了六英寸。不过又被他关上了。门第二次被拉开，这次有一英尺宽，睡袍使劲从门缝往外挤。他的喉咙被看不见的手指掐住了，为了自卫，他不得不松开门把手。他被迫向后退去，脚底下一绊，重重地摔在楼梯口的角落里。空睡袍被扔到他身上。

埃迪上校正在上楼，他是伯多克警察局局长，肯普的信就是写给他的。他惊骇地看到肯普突然现身，紧接着一件衣服抛向空中。他看到肯普跌倒在地，挣扎着爬了起来，踉跄着向前扑去，结果又跌倒了，像头牛一样倒了下去。

突然间，他挨了一记重拳。被空气打的！接着有个很沉的东西跳到他身上，掐住他的喉咙，一只膝盖顶住他的胯下，将他头朝下推下楼梯。接着，一只看不见的脚从他背上踩过，然后是一阵啪嗒啪嗒的下楼的脚步声，跟幽灵似的。他听到门厅里的两名警察大呼小叫、撒腿奔跑，前门猛地关上了。

他翻过身来，怔怔地坐在那里。他看到肯普摇摇晃晃地从楼梯上走下来，满身灰尘，衣冠不整，一边脸被打得煞白，嘴唇淌着血，胳膊上搭着一件粉红色的睡袍和一件内衣。

“我的天哪！”肯普叫道，“这下全完了！他跑了！”

第二十五章

追捕隐身人

肯普语无伦次地讲着事情经过，一度把埃迪上校听得云里雾里。他俩站在楼梯口，肯普语速飞快，胳膊上挂着怪异的包扎物。过了一会儿，埃迪开始了解一些情况了。

“他疯了，丧失了人性，”肯普说，“他极端自私，只考虑自己的利益和安全。今天早上他把自己的故事讲给我听了，为了达到目的不择手段的残忍故事！他把别人打伤了。要是我们不阻止他，他就会大开杀戒。他将制造恐慌。什么都阻止不了他。他跑出去了——狂怒地跑出去了！”

“一定要将他抓获，”埃迪说，“这毫无疑问。”

“但是怎么抓呢？”肯普喊道，他的脑子里蓦地涌现出许多想法，“你必须立即行动起来，必须把所有警力都动员起来，必须阻止他离开这个地区。一旦被他逃出去，他就能自在地穿行在乡野，伤人甚至杀人。他梦想实行恐怖统治！我跟你说，恐怖统治。你得在火车、公路和轮船上安排人手。卫戍部队必须提供帮助。你必须发电报求援。他留在这里的唯一理由是找回记事簿，那是他最看重的东西。忘了跟你说！警察局里关着一个人，叫马维尔。”

“我知道，”埃迪说，“我知道。那几本簿子。是的。”

“你不能让他有饭吃，有觉睡，整个地区的人都得动员起来，全天候地防他。所有的食物都必须锁起来，他想吃东西唯有破门而入。家家户户的门窗都要用铁条封堵起来。老天赐我们寒夜吧，再赐一场大雨！所有的乡民都得行动起来抓捕他。我告诉你，埃迪，他是一个‘危险’，一个‘灾难’，除非他被生擒活捉，否则后果不堪设想。”

“还有什么需要做的？”埃迪说，“我得立刻下山，部署抓捕事宜。你为什么不一起来呢？是的，你也来吧！来吧，我们必须召开一个作战会议，让霍普斯和铁路经理们来帮忙！哎呀！十万火急。走吧，边走边讲给我听。我们还得做什么？把那些东西放下。”

埃迪和肯普一前一后下楼了。他们看到前门开着，两个警察站在外面盯着空气发愣。

“他跑了，上校。”一个警察说。

“立刻回局里，”埃迪说，“叫辆出租马车上来接我们，你们两个中的一个去叫——快点。肯普，还有别的吗？”

“狗，”肯普说，“弄一批狗。它们看不到他，但能嗅到他。需要狗。”

“很好，”埃迪说，“哈尔斯泰德的典狱官认识一个养猎犬的人，这事儿知道的人不多。除了狗还有别的吗？”

“记住，”肯普说，“他吃下去的食物是看得见的。在被消化之前，吃进肚里的食物能看得见。所以他吃过东西后就得躲起来。我们要不断地搜索，每一片灌木丛，每一个僻静的街角。还要把所有的武器，以及所有能当作武器的器具都藏起来。他没法长时间携带武器，所以要防止他随手抄家伙攻击他人。”

“很好，”埃迪说，“我们会捉住他的！”

“在马路上——”肯普犹豫了一下说。

“嗯？”埃迪说。

“撒碎玻璃，”肯普说，“我知道，这很残忍，但是想想他会干出什么样的事！”

“这不光明正大，”埃迪倒吸一口凉气说，“我不知道，但我会把碎玻璃准备好的。如果他做得太过——”

“我跟你说，这个人已经丧失人性了，”肯普说，“我敢肯定，他一旦从逃跑时的情绪中恢复回来，就会着手建立恐怖统治。这一点我非常确信。我们唯一的机会是先发制人。他自绝于人类，必定自取灭亡。”

第二十六章

威克斯蒂德遇害

隐身人是在暴怒的状态下冲出肯普的房子的。一个在肯普家门口玩耍的小孩被猛地抓住扔到一边，以致脚踝骨折。此后几个小时，隐身人销声匿迹了。没有人知道他去了哪里，也不知道他做了什么。但是我们可以想象他在六月炎热的午前匆匆翻过小山，来到伯多克港后面的丘陵地，对自己难以忍受的命运感到怒不可遏、绝望不已。最后他又热又累，躲进辛顿迪安的灌木丛中，把已经被打得支离破碎的反人类计划重新拼凑起来。这里似乎是他最合适的避难所，因为下午两点左右，他以一种不幸的方式振作了起来。

人们不禁要问，那段时间他的心理状态如何，又订了些什么计划。毫无疑问，他被肯普的背信弃义气得怒火冲天。尽管我们能够理解肯普欺骗他的动机，但是我们仍然可以体会到他遭遇突袭后的愤怒，甚至对他抱有几分同情。也许他像上次在牛津街时一样感到惊魂未定，因为他显然指望肯普能与他携手合作，共建一个恐怖王朝。不管怎样，那天中午，他从人类的视野中消失了，在两点半之前没有人知道他在做什么。对人类来说，这也许是件幸运的事情，但对他来说，这种无所作为却是致命的。

与此同时，越来越多的人员被分散到乡间的各个角落，他们开始忙碌起来。早晨，他还只是一个传说、一个恐怖分子，到了下午，主要归因于肯普措辞严肃的声明，他已经成了一个实实在在的敌人，必须将其打伤、俘虏或制服。乡民们也以不可思议的速度组织起来。两点钟的时候，他或许还有可能乘火车离开这个地区，但两点以后就绝无可能了。南安普敦、温彻斯特、布莱顿和霍舍姆这四个地方形成一个巨大的平行四边形，在四条边上行驶的每列火车都车门紧锁，货物运输则几乎完全中断。伯多克港方圆二十英里内，人们用枪棍武装自己，三四人一组，牵着狗，在路边和田野里开展地毯式搜索。

骑警们沿着乡间小路巡逻，挨家挨户地警告人们锁好房门，没有武器就不要外出。所有的小学下午三点就放学了，吓得要死的孩子们成群结伴地匆匆回家。下午四五点钟的时候，肯普的声明（由埃迪签字画押）几乎贴遍了整个地区。它简明扼要地说明了对付隐身人的所有事宜，强调了不让隐身人吃饭睡觉、时刻保持警惕、随时留意任何蛛丝马迹的必要性。当局的行动如此迅速而果断，人们对这个怪物的存在立刻深信不疑，因此在夜幕降临之前，方圆几百英里之内都已被严密封锁。而就在天黑之前，威克斯蒂德先生遇害的消息一传十,十传百，迅速传遍了全郡，把整个乡间笼罩在一片恐惧之中。

假设隐身人躲进了辛顿迪安的灌木丛中，那么下午早些时候，他一定再度出动，而且脑子里装着一个使用武器的计划。我们不清楚这个计划是什么，但有一点毋庸置疑：在遇到威克斯蒂德之前，他手里拿着一根铁棍。

我们对这两人相遇的细节一无所知。凶案发生在一个采砾场边，离伯多克勋爵的府门不到两百码。被蹂躏的地面，遍体鳞伤的威克斯蒂德，他四分五裂的手杖，一切都指向一场殊死的搏斗。可为什么要对威克斯蒂德痛下毒手呢？这实在难以想象，只能用他是个杀人狂来解释。人们不可避免地认为他陷入了疯狂。威克斯蒂德先生四十五六岁，是伯多克勋爵的管家，性情和外表都很随和，是这个世界上最不可能激怒那个骇人的家伙的人。看样子隐身人的凶器是一根从破栅栏上抽下来的铁棍。隐身人拦住正默默回家吃午饭的威克斯蒂德，对这个沉默寡言的男人发动袭击，打断他的胳膊，把他打倒在地，将他的脑袋打开了花。

可以肯定的是，在遇到受害者之前，隐身人就已经从栅栏里抽出铁棍，并将其握在手里。除了前面提到的外，只有两个细节与此事有关。一是采砾场不在威克斯蒂德先生回家的必经之路上，距离那条路有两百码远；二是一个小女孩的断言，大意是她下午上学时，看到被害者踩着怪异的“小碎步”穿过一块田，朝着采砾场跑去。她模仿起被害者的动作，看起来被害者在追赶他前面的什么东西，边追边用手杖敲打它。她是最后一个见到他活着的人。他从她的视线中消失了，直到命丧黄泉。她没有目击到殊死搏斗的场面，因为有一丛山毛榉树挡着，而且搏斗的地点是地面上的一个坑。

现在，至少在笔者看来，这起凶杀案已经脱离了杀人狂魔案的范畴。我们可以想象，格里芬确实把铁棍当作武器，但无意将其用于谋杀。威克斯蒂德可能正好从这里经过，看到一根棍子不可思议地在空中移动。他或许上前追赶它了——他压根没想到什么隐身人，伯多克港远在十英里之外，他很可能没听说过隐身人的事迹。可以想象，隐身人为了避免暴露行踪，就悄悄地开溜了，然而威克斯蒂德既兴奋又好奇，一路追逐着那根无法解释的飞棍，还抡起手杖打它。

一般情况下，隐身人很容易就能把他的中年追捕者甩开一段距离，但从威克斯蒂德的尸体被发现的位置可以看出，他的运气相当不佳，把他的猎物逼到了刺荨麻和沙砾坑之间的一个死角里。对于领教过隐身人暴躁脾气的人来说，接下来的遭遇战不难想象。

但这纯粹只是假设。小屁孩的话往往只能听听而已。唯一不可否认的事实是发现了威克斯蒂德的尸体，他被活活打死了，还有被扔在荨麻丛中的血迹斑斑的铁棍。格里芬丢弃了这根棍子，说明他一时情绪激动，把拿棍子的目的放弃了（如果有的话）。他当然是一个极度自私自利、冷酷无情的人，但看到他的受害者，他的第一个受害者，浑身是血、惨兮兮地躺在自己脚下时，他心中长期郁积的悔恨一度喷涌而出，令他暂时搁置了自己的行动计划。

杀害威克斯蒂德先生后，隐身人似乎穿过乡野，往丘陵方向去了。有两个人声称黄昏时在费恩洼地附近的田间听到一个声音。它一会儿痛哭，一会儿大笑，一会儿抽噎，一会儿呻吟，还不时大叫几声。听起来太奇怪了。这个声音穿过一片苜蓿田，消失在山间。

那天下午，隐身人一定发现肯普充分利用了他吐露的秘密。他一定看到家家户户都门窗紧锁。他或许在火车站和旅店周围徘徊过，而且他无疑读到了告示，明白这场针对他的战役的本质。夜幕渐深，田野里到处都是三五成群的巡逻队伍，狗吠声此起彼伏。这些猎人者接到过特殊的指示，告知他们在与隐身人狭路相逢时如何互相支援。他躲开了他们的追捕。我们能理解隐身人的恼怒——他提供的信息正被如此无情地用来对付他自己。至少在那一天，他是灰心丧气的，在将近二十四个小时里，除了突然攻击威克斯蒂德的那一刻外，他都是一个被追捕的人。那天晚上，他一定吃过东西，也睡了一觉，因为第二天早晨，他又恢复了精力，浑身充满了力量、戾气和恶意，已经准备好跟这个世界来一场终结之战了。

第二十七章
肯普家遇袭

肯普收到一封奇怪的来信，用铅笔写在一张油油的纸上，信中写道：

你可真聪明，真有干劲啊。然而我想不通你跟我作对有什么好处。你们追了我一整天，试图破坏我的睡眠。但我照样吃得饱，睡得香。好戏刚刚开始。好戏才刚刚开始。我别无选择，唯有建立一个恐怖王朝。我宣布，今天是恐怖统治的第一天。伯多克港不再受女王管辖，告诉你的警察上校和其他人，它已经在我的统治之下，恐怖王朝！今天是新王朝的元年元日——隐身人王朝。我是隐身人一世。从规则开始很容易。譬如今天要对一个名叫肯普的人执行死刑。今天就是他的死期。他可以把自己锁藏起来，派人严加看护，如果他愿意，尽可以披盔戴甲。死神，看不见的死神，就要来临。让他做好防范，这会给我的子民留下好印象。死神于中午时分从邮筒出发。邮差过来取走，然后送达！好戏开始了。死神降临了。我的子民啊，不要帮助他，以免死神也降临到你们身上。今天是肯普的死期。

肯普把信读了两遍。“这不是恶作剧，”他说，“是他的口气！他是来真的。”

他把折着的纸翻过来，在地址那一面看到辛顿迪安的邮戳，还有“欠邮资两便士”的字样。

信是一点钟送到的，肯普顾不上把饭吃完，起身去书房了。他按铃唤来女管家，吩咐她将整座房子巡查一遍，把所有的窗户都闩好，把所有的护窗板都关上。他从卧室一个上锁的抽屉里取出一把小左轮手枪，仔细地检查了一下，放进休闲西装的口袋里。他还写了几张简短的便条，其中一张是给埃迪上校的，他让女仆送去，同时交代她该怎样离开屋子。“不会有危险的，”他说，接着又语带保留地加了一句，“你不会有危险的”。做完这些后，他又沉思了一会儿，然后才端起已经凉了的饭菜。

肯普边吃边琢磨，最后他猛敲一下桌子。“我们会抓住他的！”他说，“我是诱饵，他会上钩的。”

他回到书房，仔细关好每扇门。“这是一场游戏，”他说，“一场奇怪的游戏。格里芬先生，虽然你可以隐身，但是机会握在我手里。反人类的格里芬，想报复我呢！”

他站在窗前，凝视着炎热的山坡。“他每天都得觅食，我才不羡慕他。他昨晚真的睡着了吗？蜷在荒郊野外、不会被人撞到的地方。希望天气能湿冷起来，别再那么热了。”

“也许他正在看着我。”

他走近窗户。有什么东西在笃笃地猛敲墙砖，把他吓得连连后退。

“我变紧张了。”肯普说。过了五分钟，他才走回窗前。

“一定是麻雀。”他说。

紧接着他听到门铃响了起来，就匆匆下楼去了。他拉开门闩，打开锁，检查了防盗链，把它挂好，这才躲在门后小心翼翼地打开一道门缝。一个熟悉的声音向他打招呼，是埃迪上校。

“你的女仆被人袭击了，肯普。”他在门外说。

“什么！”肯普惊呼道。

“你的便条被抢走了。他就在附近。让我进来。”

肯普取下防盗链，埃迪从窄得不能再窄的门缝中挤了进去。他站在门厅里，如释重负地看着肯普把门关上。

“便条从她手里被抢走的，把她吓坏了。她人在警察局里，歇斯底里的。他就在附近。便条上写了什么？”

肯普爆起了粗口。

“我真是个蠢货，”肯普说，“我早该料到的。从辛顿迪安走到这里只需一个小时。这么快就——！”

“怎么了？”埃迪说。

“看这个！”肯普说着领埃迪走进书房，把隐身人的信递给他看。埃迪读了一遍，轻轻地吹了声口哨。

“你——？”埃迪说。

“我跟个傻瓜似的，提议设圈套，写在便条上让女仆送到警局。结果送到他手里了。”肯普说。

埃迪跟着肯普爆起了粗口。

“他会离开的。”埃迪说。

“他不会。”肯普说。

楼上传来玻璃打碎的声音，非常响亮。只见银光一闪，埃迪瞥见了肯普口袋里露出一半的左轮手枪。“是楼上的窗户！”肯普说着率先冲上楼去。他们还在楼梯上时，第二声响了。当他们冲到书房的时候，三扇窗户已经被砸碎两扇，碎玻璃撒了一地，写字台上还躺着一块火石。他俩站在门口，注视着眼前的残骸。肯普又骂了一通，没等他骂完，只听啪的一声，第三扇窗户就像被手枪击中似的，先是停顿了一下，然后一块块锯齿状的三角形碎片纷纷抖落在地。

“这是怎么回事？”埃迪说。

“这才刚刚开始。”肯普说。

“没办法爬上来吧？”

“猫也爬不上来。”肯普说。

“没有护窗板？”

“这儿没有。楼下房间都有——喂！”

楼下传来碎裂声，接着是重重的砸板声。“该死！”肯普说，“一定是——是的，是一间卧室。他想砸烂整栋房子。但他是个蠢货，护窗板关上后，碎玻璃只会往外掉，会割破他的脚。”

又一扇窗户宣告破碎。他俩站在楼梯口，不知所措。

“有了！”埃迪说，“给我一根棍子什么的，我回局里，派人去把猎犬们牵来。一定能制服他！离这儿不远，不到十分钟——”

又一扇窗户遭到厄运。

“你不是有左轮手枪吗？”埃迪问。

肯普把手伸进口袋，忽然又犹豫起来。

“我没有——多余的枪。”

“会还给你的，”埃迪说，“你在这里很安全。”

肯普把枪递给他。

“去门口。”埃迪说。

他们站在门厅里犹豫不决时，二楼卧室的一扇窗户哗啦一声被砸碎了。肯普走到门口，尽可能轻地拉开门闩。他的脸色比平时更加苍白。“动作要快。”肯普说。埃迪才走到门前的台阶上，门就闩上了。他踌躇片刻，感觉背倚着门更舒服。然后他挺直腰板，大步走下台阶。他穿过草坪，走近大门。一阵微风拂过草地，有什么东西向他逼近。

“站住。”一个声音说，埃迪僵住了，下意识地握紧左轮手枪。

“你要干吗？”埃迪说，他脸色煞白，口气严肃，每根神经都绷紧了。

“请你帮个忙，回房子里去。”那个声音说，口气和埃迪一样紧张而严肃。

“抱歉。”埃迪用舌头润了润嘴唇，声音有点嘶哑地说。那个声音在他的左前方，要不要开一枪碰碰运气？

“你要去哪里？”那个声音问。两人都迅速移动了一下，埃迪的口袋上闪过一道阳光。

埃迪停下来想了想。“我去哪里，”他慢吞吞地说，“是我自己的事。”话还没说完，一只胳膊已经勒住他的脖子，后背也被一个膝盖抵住，他不由得仰面向后倒去。他笨手笨脚地拔出枪来，滑稽可笑地放了几枪，紧接着嘴巴就挨了一拳，左轮手枪也被一把夺走。他徒劳地试图抓牢一只滑溜溜的手臂，挣扎着想要站起来，然后又向后倒去。“该死！”埃迪说。那个声音笑了，“要不是觉得浪费子弹，我现在就一枪崩了你。”埃迪看见左轮手枪悬在六英尺外的半空中，正瞄准着他。

“哦？”埃迪坐起来说。

“站起来。”那个声音说。

埃迪站了起来。

“听着，”那个声音恶狠狠地说，“别跟我耍花招。记住，你看不到我的脸，我却能看到你的脸。你必须回房子里去。”

“他不会让我进去的。”埃迪说。

“真可惜，”隐身人说，“我不想跟你吵架。”

埃迪又润了润嘴唇，目光从左轮手枪的枪管移到远处的大海。正午的阳光下，海水蓝得发暗。他看到了平坦的绿色丘陵，海岬上的白色悬崖，还有熙熙攘攘的城镇，忽然之间，他觉得生命如此美好。他的目光又回到六英尺外这个悬挂在天地间的小金属物上。

“我该怎么办？”他愠怒地问。

“我该怎么办？”隐身人问道，“你将得到帮助。只要你回房子里去。”

“我试试。如果他准我进去，你能保证不往里冲吗？”

“我不想跟你吵架。”那个声音说。

把埃迪送出门后，肯普便匆匆跑到楼上，此刻他正蹲在碎玻璃中间，小心地从书房窗台边缘往外窥视。他看见埃迪在跟隐身人谈判。“他为什么不开枪？”肯普自言自语道。左轮手枪移动了一点儿，肯普的眼睛随即被太阳光晃了一下。他遮住眼睛，想看清那道刺眼的光来自何处。

“我那枪肯定被缴了！”肯普说。

“答应我，别冲进去，”埃迪说，“不要逼人太甚。给人一条生路。”

“回房子里去。我明确告诉你，我不会答应你任何事情。”

埃迪似乎突然拿定了主意。他转身慢慢朝房子走来，双手背在身后。肯普大惑不解地看着他。左轮手枪时隐时现，再近些时肯普定睛一瞧，显然是一个黑色的小玩意儿跟着埃迪。说时迟那时快，埃迪向后一跃，转过身来猛抓那个小玩意儿，但是抓空了。他绝望地摊摊手，朝前栽了下去，空气中升起一缕蓝色的烟雾。肯普没有听到枪声。埃迪在地上扭来扭去，用一只胳膊把自己撑起来，可又向前栽了下去，躺在那里一动不动了。

肯普盯着神态淡然的埃迪看了好一阵。那天下午烈日炎炎，没有一点风，除了两只黄色的蝴蝶在房子和大门之间的灌木丛里互相追逐外，整个世界似乎没有一丝动静。埃迪静静地躺在大门边的草坪上。山路两旁所有别墅的窗帘都放下了，只在一座绿色的避暑小别墅里，可以看到一个白色的身影，显然是一个睡着的老人。肯普仔细扫视房子四周，想找到那把左轮手枪，但是它已经不知去向。他的视线又落到埃迪身上。这出戏开了一个好头。

门铃声和敲门声突然大作，越来越吵闹，但是仆人们按照肯普的指示，都把自己锁在屋里。接着是一片寂静。肯普坐着细听动静，接着小心翼翼地挨个从三扇窗户向外张望。他走到楼梯口，心神不宁地听着。然后他去卧室里拿了根拨火棒做武器，把楼下窗户的插销再次检查了一遍。一切安好无恙，他返回到书房。埃迪一动不动地躺在砾石边上，跟刚栽下来时一个样。女仆和两名警察沿着别墅边的路朝这里走来。

一切都是死一般的寂静。他们三人在缓慢地靠近。肯普想知道他的对手正在干什么。

楼下传来破碎声，吓了肯普一大跳。他犹豫了一下，又下楼去了。沉重的敲打声和木头的碎裂声在整个房子里回荡。他听到玻璃打碎的声音，接着就听哐当一声，护窗板的铁销遭到毁灭性的打击。他转动钥匙，打开厨房的门。与此同时，被砸得四分五裂的护窗板飞了进来，把他给吓呆了。窗框还算完好，就一根横杆断了，但是玻璃几乎全碎了，只有窗框边缘还残留一点锯齿形的碎玻璃。护窗板是被斧头砸开的，现在这把斧头正在猛砸窗框和用来保护窗框的铁条。随后斧头蓦地跳到一边，不见了。他看见左轮手枪躺在外面的小径上，突然间，它噌地跳到空中，他慌忙向后闪躲。枪开得太晚了，一块来自门框边缘的碎片从他的头顶飞掠而过。他砰地关上门，上了锁，格里芬在外面大叫大笑。斧头的砸击声又响了起来，伴随着可怕的碎裂声。

肯普站在走廊里，试图理清思路。隐身人眼看就要闯进厨房了。这扇门挡不住他了，然后——

前门有人按铃，应该是警察。他跑进门厅，挂好防盗链，拉开门闩。他先让女仆说话，然后才取下防盗链。那三人跌跌撞撞地挤了进来，肯普砰地关上门。

“隐身人！”肯普说，“他有一把左轮手枪，还剩两发子弹。他杀了埃迪。开枪杀的。他在草坪上，你们难道没看见？他就躺在那里。”

“谁？”一名警察问。

“埃迪。”肯普说。

“我们从后面绕过来的。”女仆说。

“破碎声是怎么回事？”一名警察问。

“他在厨房里——或者说就快到厨房里了。他找到了一把斧头——”

突然之间，隐身人猛砸厨房门的声音响彻了整座房子。女仆盯着厨房看了几眼，哆嗦着退回了餐厅。肯普吐出几句支离破碎的句子，想要解释状况，就在这时，他们听到厨房门被砸开了。

“这边走。”肯普喊道。他抖擞精神，把两个警察推到餐厅门口。

“拨火棒！”肯普说着冲向壁炉挡板。他把两根拨火棒分别递给两个警察，接着突然向后卧倒。

“喂！”一个警察叫道。他低头一闪，用拨火棒挡住斧头。枪砰的一声响了，射出倒数第二颗子弹，把一幅名贵的西德尼·库珀[1]的画给射穿了。第二个警察扬起拨火棒，像击落黄蜂一样将手枪咣当一声击落在地。

冲突发生时，女仆站在壁炉旁尖叫了一会儿，然后奔过去打开护窗板，可能是想从破碎的窗户逃走。

斧头退到走廊，悬在离地大约两英尺的地方。他们能听到隐身人的呼吸。

“你们两个走开，”他说，“我要的人是肯普。”

“我们要的人是你。”第一个警察一个箭步上前，抡起拨火棒朝那声音扫去。隐身人惊得连忙后退，跌跌撞撞地撞到了雨伞架上。警察用力过猛打了个趔趄，隐身人用斧头还击，就见警察的头盔像纸一样皱了起来，人也滚到了厨房楼梯口的地板上。第二个警察瞄准斧头后面就是一棒，就听啪的一声，击中了一个软软的东西。隐身人发出痛苦的尖叫，斧头随之掉在地上。警察对着空中一阵乱扫，什么也没打着，接着他踩住斧头，又是一顿猛击。最后他紧握拨火棒站在那里，凝神细听极微小的动静。

---

1 西德尼·库珀（Sidney Cooper，1803 — 1902），英国风景画家。

他听到餐厅的窗户开了，里面传来急促的脚步声。他的同伴翻身坐了起来，眼睛和耳朵之间淌着血。

“他在哪里？”坐在地上的警察问。

“不知道。我打到他了。他站在门厅里的某处，要不就从你身边溜走了。肯普医生——先生。”

沉默。

“肯普医生。”警察又喊了一声。

第一个警察挣扎着想要站起来。他站了起来。厨房楼梯上隐约传来赤脚走路的声音。“嘿！”第二个警察大叫一声，顺势将手里的拨火棒扔了出去。一个小煤气灯管应声而碎。

他似乎要下楼追赶隐身人，不过他改变了主意，转而走进餐厅。

“肯普医生！”他喊道，又突然打住。

“肯普医生是个英雄。”他说。他的同伴瞥了他一眼。

餐厅的窗户大开，女仆和肯普不见了踪影。

第二个警察对肯普的评价简短而生动。

第二十八章
自掘坟墓

那片别墅群中，希拉斯先生的别墅与肯普家靠得最近。当肯普的房子遭受攻击的时候，希拉斯正在他的避暑别墅里睡午觉。坚信隐身人这件事完全就是“鬼扯”的人很少，他就是其中之一，不过他的妻子和他意见相左。而他马上就会知道原来真有隐身人。他照例在花园里踱步，好像什么事情都没发生过一样，他也照例睡午觉，那是他多年来养成的习惯。肯普家窗户被砸的时候，他睡得正酣，接着他突然惊醒，感觉有哪里不对劲。他向肯普家望去，揉了揉眼睛又望了一眼。然后他坐到床边竖起耳朵仔细听。他看到一幅奇怪的画面，让他觉得自己见鬼了。肯普家的房子看起来像是遭受过劫掠，接着又被遗弃了好几周。整座房子的窗玻璃都被打碎了，除了书房外，每间窗户都被里面的护窗板遮挡起来。

“二十分钟前一切还是好好的，我敢发誓。”他看了看手表说。

平稳的震动声和玻璃的破碎声从远处传来。他惊得嘴巴大张的时候，一件更不可思议的事情发生了。餐厅窗户的护窗板被猛地打开，戴着帽子的女仆发狂似的想把窗扇掀上去。一个男人突然出现在她身边，帮她向上推窗扇，是肯普医生！过了片刻，窗子打开了，女仆挣扎着爬出窗台，向前一扑，消失在灌木丛中。目睹这等怪事，希拉斯先生站起身来，含糊不清地失声惊叫。他看见肯普站到窗台上，纵身一跃，很快就出现在灌木丛中的一条小路上。他一边奔跑一边弯腰，生怕被人看到。他消失在一棵金链花树后面，随后又冒了出来，开始攀爬一道毗邻丘陵的篱笆。一转眼的工夫他就翻了过去，接着便沿着斜坡朝希拉斯先生家跑去。

“上帝啊！”希拉斯先生如梦初醒地喊道，“是那个隐身的畜生！竟然真有此事！”

希拉斯先生琢磨着该如何应对的时候，他的厨子站在顶楼的窗户前，惊讶地看到肯普以每小时九英里的速度朝房子飞跑而来。“以为他不怕呢，”厨子说，“玛丽，过来！”关门声、摇铃声四起，夹杂着希拉斯先生公牛般的吼叫。“关上门，关上窗，统统关上！隐身人来了！”顷刻间，整栋房子充满了尖叫声、命令声和疾跑声。希拉斯先生跑到走廊关上落地长窗的时候，肯普的脑袋、肩膀和膝盖出现在花园篱笆的边缘。他越过芦笋地，穿过网球场，向房子跑来。

“你不能进来，”希拉斯先生说着拉上门闩，“很抱歉他在追你。但是你不能进来！”

肯普满脸写着恐惧，一个劲地猛敲窗玻璃，接着又拼命地摇晃落地长窗。眼看自己在做无用功，他沿着走廊跑到尽头，不停地锤侧门。接着他绕过侧门跑到房子前面，一溜烟地往山路跑去。希拉斯先生一脸惊恐地从窗口向外观望，肯普还没从他的视线里消失，芦笋地便已被一双看不见的脚踩得七零八落。目睹此景，希拉斯先生忙不迭地逃到楼上，顾不上看隐身人追肯普了。他经过楼梯的窗户时，听到侧大门砰的一声关上了。

上了山路后，肯普便自然地朝山下跑去。仅仅四天前，他还在书房里用批判的眼光旁观别人的追逐赛，现在竟然轮到他自己参赛了。对于一个体格不佳的人来说，他跑得还不错，虽然面色苍白、满头大汗，但他的头脑却始终冷静。他大踏步地跑着，越过粗糙不平的路面、跳过天然的火石和耀眼的碎玻璃，至于后面那双看不见的赤脚走哪条路线，就不关他的事了。

肯普有生以来第一次觉得这条山路无比漫长而荒凉，远方山脚下的城镇变得出奇的遥远。世上没有比跑步更慢或更痛苦的赶路方式了。平淡无奇的别墅群在午后的阳光下沉睡，门窗都紧锁着，这无疑来自他的指令。可家里总得安排个人望风吧！来应对这样的不测事件！城镇正在上升，大海已然不见，山下的人们忙忙碌碌。一辆有轨马车刚刚驶抵山脚。再过去就是警察局。脚步声好像追上来了？全力冲刺。

山脚下的人们在盯着肯普看，有一两个人开始奔逃。他呼吸时嗓子像在拉锯。他离有轨马车越来越近了，“快乐的板球手”正在聒噪地闩门。有轨马车旁边有几根桩子和几个砾石堆，那是排水工程的工地。他先是打算跳进马车关上门，不过这个念头转瞬即逝，他还是决定到警察局去。一眨眼的工夫，他已经从“快乐的板球手”门口跑过，来到街道热得起泡的尽头。他的周围全是人。有轨马车的车夫和他的帮手被他火急火燎的样子所吸引，站在那里目不转睛地盯着他看，连马儿都忘了上套。砾石堆旁做排水的挖土工也都一脸惊诧。

他放缓了步子，追赶者急促的脚步声再度响起，他又猛跑起来。“隐身人！”他一边冲着挖土工喊道，一边打了一个含糊的手势。接着他灵机一动，跳过开挖的沟渠，这样他和追赶者之间就隔了一群魁梧的挖土工。他放弃了去警察局的念头，拐进一条小巷，从一辆蔬菜车旁边匆匆经过，在一家糖果店门口犹豫片刻，随后便朝通往山路的巷口奔去。有两三个小孩在那里玩耍，被他人不人鬼不鬼的样子吓得尖叫着四散奔逃，门窗立刻打开了，紧张的母亲们心提到了嗓子眼。肯普又跑回到山路，距离有轨马车终点站大约三百码远，他瞬间注意到了嘈杂的喧哗声和奔跑的人群。

他朝山那边的街道瞥了一眼。不到十二码外，一个大块头挖土工在奔跑，嘴里骂骂咧咧，挥舞着铁锹一通狂劈猛砍，紧随其后的是攥着拳头的有轨马车售票员。其他人跟在这两人后面边打边喊。镇上男男女女都在奔跑，他清楚地看到一个男人拿着根棍子从店铺里跑了出来。“让开！让开！”有人喊道。肯普陡然意识到这场追逐发生了变化。他停下脚步，气喘吁吁地环视四周。“他在这里！”他大吼道，“大家排成一行——”

“啊哈！”一个声音喊道。

话音刚落，肯普耳朵下面就吃了一记重拳。他趔趄着转过身来，想要直面那个看不见的敌手。努力站稳后，他挥出一拳，然而打空了。接着他下巴又挨了一拳，整个人直接栽倒在地。一只膝盖压住他的横膈膜，两只手急切地掐住他的喉咙，只是一只手的力量比另一只弱。肯普紧紧抓住行凶者的两只手腕，那人疼得叫了起来，这时挖土工的铁锹扫过他的头顶，就听一声闷响，铁锹击中了什么东西。他感觉有滴湿湿的东西落到了脸上。掐住喉咙的手骤然松开，肯普一骨碌挣脱开来，抓住对方一个软趴趴的肩膀，滚过去压在上面。他紧紧按住地上看不见的胳膊肘。

“我抓到他了！”肯普尖叫道，“快来帮忙！快来帮忙！他倒下了！抓住他的脚！”

一场殊死的厮杀瞬间爆发，不知情的人还以为这里在进行一场异常激烈的橄榄球赛呢。肯普大叫一声后就没人再喊了，只听到拳打脚踢声和沉重的喘息声。

突然间，一股巨大的力量从隐身人身上迸发而出——他把两三个对手扔了出去，挣扎着跪立起来。肯普死死拉住他不放，像一头咬住雄鹿的猎狗。十几只手紧紧抓住隐身人，对他又撕又扯。有轨马车的售票员揪住他的脖子和肩膀，死命地往后拽。

几个鏖战正酣的人突然摔成一团，紧接着又翻过身来。看来是遭到了一番疯狂的踢踹。

“饶命！饶命！”一声痛苦的尖叫骤然响起，不过很快就低下去了，像是透不过气来。

“退后，你们这些蠢货！他受伤了，我跟你们讲，往后退！”肯普喊道，声音含混不清。那群壮汉孔武有力地向后挪去。

他们匆忙让出一块空地，热切的眼睛围成一圈，看着医生跪在离地十五英寸的空中，将两条看不见的胳膊摁在地上。在他身后，一个警察牢牢抓住那对看不见的脚踝。

“别让他给跑了！”大块头挖土工握着一把沾满血迹的铁锹喊道，“他是装出来的。”

“他没有佯装受伤，”肯普医生小心地抬起膝盖说，“我来抱住他。”

肯普的脸上青一块紫一块，已经红肿起来，因为嘴唇流血，他说话口齿不清。他松开一只手，似乎在摸那张看不见的脸。

“嘴巴上血淋淋的，”他惊叫道，“上帝啊！”

肯普突然起身，然后又跪了回去。围观的人变多了，他们推推搡搡，曳足而行，发出沉重的脚步声，令人群更加拥挤。人们纷纷从屋里走了出来。“快乐的板球手”的店门蓦地打开了。几乎没人开口说话。

肯普的手在空气里摸来摸去。

“他没有呼吸了，”肯普说，“我也感觉不到他的心跳。他的肋部——哎！”

一个老妇人站在那个大块头挖土工胳膊下往里偷看。“快看这里！”她伸出一根满是皱纹的手指，失声尖叫起来。

人们顺着她的手指望去，看到一只手的轮廓。它无力地垂在地上，模糊而透明，像是玻璃做的，可以分辨出静脉、动脉、骨骼和神经。他们目不转睛地盯着它看的时候，它逐渐变得浑浊起来，不再透明了。

“喂！”警察喊道，“他的脚显形了！”

不可思议的变化还在继续，从他的手脚开始，沿着四肢慢慢蔓延至身体的中心部位。像毒药慢慢扩散到全身。首先看到的是白色的小神经和一条雾蒙蒙的灰色肢体，然后是玻璃状的骨头和错综复杂的动脉，最后才是皮肉。先是模糊的雾状物，很快就变得致密而不透明。没过多久，他被压扁的胸膛和肩膀，被打得面目全非的枯槁面容就呈现在人们面前。

人群让到一边，肯普站直身子，就见地上躺着一个约莫三十岁的年轻人，遍体鳞伤，全身赤裸，看上去可怜兮兮的。他的头发和胡子是白色的，不是随着年龄增长而变白，而是白化病的白色，他的眼睛像石榴石。他双手紧攥，眼睛圆睁，一脸的愤怒和沮丧。

“把他的脸遮起来！”一个男人喊道，“看在上帝的分上，遮住那张脸！”三个小孩刚从人群中挤了进来，就被大人把身子扭了回去，打发走了。

有人从“快乐的板球手”里拿来一张床单，盖在他身上，再把他抬进屋里。在一张肮脏破旧的床上，在一间庸俗昏暗的卧室里，隐身人的奇怪实验寿终正寝。

尾声

关于隐身人奇怪又邪恶的实验的故事就这样结束了。如果你想进一步了解他，你必须去斯托港附近一家小旅馆和店主聊聊。旅馆的招牌是一块木板，上面空荡荡的，只有一顶帽子和一双靴子，店名就是本书的标题。店主身材矮胖，圆柱形鼻子，头发粗硬，一张红脸上斑斑点点。如果你敞开了喝，他就会把在这之后自己的所有遭遇跟你和盘托出，并告诉你律师如何骗取他的财宝。

“他们没法证明那些钱的原主是谁，”他说，“我真走运，他们没有把它们当成无主财宝[1]！它们看起来像无主财宝

1 无主财宝（treasure trove），在埋葬地被挖掘出的物主不明的财宝。根据英国法律，无主财宝归英国政府所有。由于格里芬死后警察不能确定那笔偷来的钱的原主人是谁，马维尔得以拥有了那笔钱。

吗？一位绅士邀我去帝国音乐厅对观众讲述这段轶事，酬劳是一晚上一基尼——用我自己的话讲——除了一件事外。”

如果你想突然打断他的回忆，你只需提那三本记事簿就好。他承认有这三本东西，并说每个人都认为在他手里！但是谢谢你们！并不在他手里。“我逃往斯托港的时候，隐身人就拿走它们并藏了起来。是肯普先生对外放话说在我手里。”

接着他会陷入沉思，时而偷偷地瞄你两眼，时而紧张地摆弄酒杯，然后匆匆离开酒吧间。

他是个单身汉——他喜欢单身，家里没有女人。表面上看他用纽扣——人们希望他这样，但在更重要的隐蔽部位，就拿吊裤带来说，他仍然用麻绳代替纽扣。他没有进取心，但举止得体。他动作慢吞吞，但善于思考。他在村子里以智慧和吝啬而闻名，他对南英格兰的道路的了解赛过威廉·科贝特[1]。

星期天的早晨，一年到头的每一个星期天的早晨，店主都会将自己与外界隔绝开来，每当这个时候，还有每天

---

1 威廉·科贝特（William Cobbett，1763 – 1835），英国散文作家、记者、政治活动家和政论家，小资产阶级激进派的著名代表人物，发表过大量英国乡村游记。

晚上十点以后，他都会端着一杯掺水的杜松子酒走进酒吧间的包厢。他放下酒杯，锁上门，检查卷帘，连桌子底下都得检查一遍。确定别无他人后，他会打开橱柜的锁，取出一只盒子，再打开盒子上的锁，取出一个抽屉，接着他再打开抽屉锁，从里面拿出三本棕色皮面的记事簿，庄严地放在桌子中间。封面饱受风吹雨打，还染上一抹海藻绿——它们曾经寄居在一条水沟里，有几页的字迹还被污水冲刷得一干二净。他坐到单人沙发上，慢悠悠地往一只长柄陶土烟斗里装烟丝，同时扬扬得意地望向这几本簿子。接着他打开其中一本，仔细研究起来，来来回回翻页。

他眉头紧锁，嘴唇痛苦地蠕动着。“六边形，半空中的一个‘2’和一个叉号，这又是一个什么玩意儿。上帝啊！他怎么那么聪明的！”

不一会儿，他放松下来，向后靠着，透过房间里的烟雾，盯向那些别人看不到的东西。“充满了秘密，”他说，“绝妙的秘密！”

“一旦我能破译这些秘密，上帝啊！”

“但我不会像他那样去干邪恶的事。我只是——好吧！”他抽了一口烟斗。

他做起了美梦，他这辈子永恒不灭的美梦。虽然肯普不懈地探听过，埃迪严密地盘问过，但是除了店主外，没有任何人知道这几本簿子的下落。上面记载着隐身术等十几个奇怪的秘密。直到他死去，也没有人知道它们。

译后记

《隐身人》是英国著名小说家赫伯特·乔治·威尔斯在1897年发表的科幻小说，与他先前的作品相比，《隐身人》的想象力一如既往地让人叹为观止，而在讲故事上，《隐身人》更上一层楼，显得比以前自信多了，标志着其叙事技巧的长足进步。作为威尔斯写作上的转型之作，它比《奇妙之旅》（1895）、《变化之轮》（1896）等更加突出日常生活和心理描写。

如今《隐身人》早已成为科幻小说经典，一个世纪来被翻拍成多个电影版本。尽管威尔斯一生创作了大量杰作，跨越科幻、历史、社会、政治、哲学等多种门类，但不可否认，《隐身人》和《时间机器》成了他最为人知的两部作品。连威尔斯本人都在自传里苦笑着承认："对当今的许多年轻人来说，我只是《隐身人》的作者。”在笔者看来，他对日常生活的逼真描写，对人物心理的传神刻画，是《隐身人》成为传世经典的重要因素之一。

有趣的是，《隐身人》虽说是一部科幻小说，但威尔斯却为我们生动再现了十九世纪末的英格兰生活场景和乡土风情。他早期作品的故事背景通常设定在真实而典型的英格兰环境中。举个例子来说，《时间机器》尽管描述的是遥远的未来，但英国读者会感觉故事就发生在里士满周边或泰晤士河谷。《隐身人》里的伊平村是一个真实存在的村子，位于西萨塞克斯郡米德赫斯特镇西北数英里的丘陵地带，离伦敦约六十英里。威尔斯曾在米德赫斯特文法学校担任学生助教，描绘起那些村落生活来自然得心应手。

至于威尔斯对书中人物心理活动的传神刻画，读者的感受最有说服力。大多数读者都是青少年时代读的《隐身人》，据说很多人曾经被吓得不轻，甚至留下童年阴影。作为本书译者，也许是翻译过程中入戏太深，我也时而被惊得汗毛倒竖，吓出一身冷汗。那些心理描写充满着梦魇性的离奇怪诞和邪魅阴暗，犹如爱伦·坡的短篇小说，但作为一个毛骨悚然的科幻故事，它对细节和心理的刻画又过于真实，惊悚得真实可信，令读者对隐身人的故事深信不疑。无独有偶，1938年，根据《星际战争》改编的广播剧在美国一家电台播出，由于威尔斯的细节描写太过逼真，听众以为真有火星人入侵，引发了全国性的巨大恐慌。不过，威尔斯的幽默文风同样令人印象深刻，他在营造出惊悚氛围的同时，又能时不时来句机智妙语让你忍俊不禁。

威尔斯有本事把科幻写得令你信以为真。一是因为对细节和心理的刻画极为生动真切，二是因为以科学事实作为写作基础。《隐身人》不同于一般的科幻小说，从主人公向肯普医生解释隐身的原理，讲述自己的实验过程就可见一斑。那一番解释和讲述，涉及物理、化学、几何、解剖、生物、微生物等多门学科，充满了科学的趣味，能看出威尔斯天马行空的想象是以广博的科学知识为基础。这种建立在科学基础上的想象推理，令读者不会去怀疑“隐身术”的真实性，一如他们阅读《时间机器》时不会去怀疑“时间机器”的存在。

《隐身人》的主人公是狂热的天才科学家格里芬，他发明了隐身的方法，把自己变成隐身人，并劝说肯普医生和他一起建立一个恐怖王朝，后来肯普的出卖激怒了他，他走上疯狂的报复之路，最终被围殴致死。威尔斯还是一个构架情节的大师，每一个情节都环环相扣，埋下伏笔，可谓悬念迭起。最后一章“尾声”令整个故事有了完整感，谁都没有料到，最后的结局竟然是托马斯·马维尔先生一边抽着陶土烟斗一边注视着格里芬的记事簿，渴望洞悉里面记载着的隐身术的秘密。彼时马维尔已经从流浪汉变成有钱人，他也许是威尔斯创造出的最狄更斯式的人物。

《隐身人》被视为描写疯狂科学家与社会对立的杰作。在某种意义上，它是一个关于人性“恶”的哲学式寓言。当没有道德约束时，人类会变得危险和不负责任。“隐身”便象征着脱离道德束缚，随着隐身实验取得成功，潜伏在人性底层的邪恶因子开始作祟，格里芬首先想到的是利用这项异能去干违法的事情。他认为隐身在杀人这方面最能发挥作用，妄图实行恐怖统治。而一旦背离公认的行为准则，公然与社会和人类为敌，就只能激发群众的集体反抗，自我毁灭也就会很快到来——主人公成了一个被群体剿杀的悲剧人物。

威尔斯揭示了科技文明和伦理道德之间的冲突。他想表达的是，科学成果不一定能促进社会的进步，有时反而会导致人性的扭曲，把人类变成一种冷酷自私、没有感情的动物，给人类社会带来负面影响。有意思的是，作者对格里芬的态度是双重的，字里行间流露出对他的聪明才智的欣赏，仿佛天才与疯子只有一步之遥。他笔下的格里芬与这个世界格格不入，是他人眼中的怪物和异类。某种程度上，格里芬被他塑造成了制度的受害者和反叛者，借此来影射罪恶的根源是社会制度。

陈震

2020.4.26 于靖江

赫伯特·乔治·威尔斯大事年表[1]

◎ 1866年 诞生

9月21日，出身于英国伦敦东南部肯特郡布罗姆利（Bromley）的一个贫寒家庭。

其父约瑟夫·威尔斯（Joseph Wells）和其母萨拉·尼尔（Sarah Neal）共育有三男一女，威尔斯是最小的孩子。约瑟夫·威尔斯做过园丁，萨拉·尼尔做过女佣。

当时，威尔斯的父母经营着一家店铺，售卖瓷器和体育用品，但收益甚微。此外，父亲还是一名职业板球运动员，效力于肯特郡板球队，其比赛收入是威尔斯一家的重要经济来源。

◎ 1874年 8岁

意外摔断了腿，卧床休养期间，父亲为他从图书馆借来了各种书籍，这些书籍带他进入了外面的世界，也激发了他写作的欲望。他

---

1 由译者陈震编译。

由此养成了阅读的兴趣和习惯。
同年9月起，威尔斯开始在托马斯·莫利商业学校（Thomas Morley’s Commercial Academy）学习，直至1880年6月。

◎ 1877年 11岁

父亲大腿骨折，这场意外断送了他作为板球运动员的职业生涯，也让威尔斯一家失去了主要经济来源，而微薄的店铺收入难以维持生计，生活更为窘迫。于是，威尔斯和哥哥们开始进入社会谋生。

◎ 1879年 13岁

10月，母亲通过一位远亲亚瑟·威廉姆斯的关系，为他在伍基（Wookey）的一所学校安排了一份学生助教（pupil-teacher，为低年级学生上课的高年级学生）的工作，半工半读。
然而，同年12月，威廉姆斯因教学资质问题被学校解雇，威尔斯也只得离开。
在米德赫斯特（Midhurst）附近做过短期药剂师学徒、在米德赫斯特文法学校（Midhurst Grammar School）当了一小段时间的寄宿生之后，威尔斯与一家布商签订了学徒工协议。

◎ 1880—1883年 14—17岁

在海德氏南海布料商店（Hyde’s Southsea Drapery Emporium）做学徒，每天工作13个小时，和其他学徒住在一间宿舍里。这段难以忍受的经历日后启发他写下了《命运之轮》（*The Wheels of Chance*）、《波利先生的故事》（*The History of Mr. Polly*）和《基普斯：一个简单灵魂的故事》(*Kipps: The Story of a Simple Soul*)，这几部小说描绘了一个布店学徒的生活，并对社会财富的分配提出了批评。

◎ 1883年 17岁

说服父母不再送他去做学徒，再一次得到进入米德赫斯特文法学校的机会，成为学生助教。
在拉丁语和科学方面很在行，给校方留下了深刻的印象。

◎ 1884年 18岁

获得助学金，进入位于南肯辛顿的科学师范学院（Normal School of Science，即皇家科学院的前身，如今隶属于英国帝国理工学院），学习物理学、化学、地质学、天文学和生物学等课程。其中，生物学课程由著名的进化论科学家托马斯·亨利·赫胥黎（Thomas Henry Huxley）任教。

◎ 1884—1887年 18—21岁

每周能够拿到21先令（1基尼）的补助金，得以完成学业。
这一时期，威尔斯对社会改革开始产生兴趣，加入了辩论社团，与他人一起创办《科学学院杂志》(*The Science School Journal*)，积极表达对文学和社会的观点，同时开始尝试写小说。

◎ 1887年 21岁

威尔斯没能在科学师范学院拿到学位（一说是因为在学年测验中地

质学成绩不及格），便离开了学校，在之后的几年中以教书为生。

◎ 1888年 22岁

在《科学学院杂志》上发表短篇小说《顽固的阿尔戈英雄》（*The Chronic Argonauts*），被视为其代表作《时间机器》（*The Time Machine*）的前身。

◎ 1890年 24岁

通过伦敦大学外部课程（University of London External Programme），完成动物学的修读，这时才获得理学学士学位。

◎ 1891年 25岁

离开科学师范学院后，威尔斯就没有了收入来源。他的婶婶玛丽邀请他到她家住一段时间，这解决了他的住宿问题。
其间，他对自己的堂妹、玛丽的女儿伊莎贝尔·玛丽·史密斯（Isabel Mary Smith）越发感兴趣，随后向她求爱。他俩于1891年结婚。
同年，开始在伦敦大学函授学院教授生物学，一直到1893年。在教书之余，为了挣钱，他也为杂志撰写短篇谐趣文章等。

◎ 1893年 27岁

患上了肺出血，休养期间，开始写作短篇小说、散文、评论，以及科普作品。
第一部著作《生物学读本》（*Textbook of Biology*）以及与R. A. 格

雷戈里（R. A. Gregory）合著的《向自然地理学致敬》（*Honours Physiography*）出版。

◎ 1894年 28岁

爱上了自己的学生艾米·凯瑟琳·罗宾斯（Amy Catherine Robbins），与第一任妻子伊莎贝尔分居。

◎ 1895年 29岁

5月，与艾米·凯瑟琳·罗宾斯（威尔斯叫她简）搬到萨里郡的沃金（Woking），他们在市中心的梅伯里路租了一栋房子，在那里住了18个月，并于10月登记结婚。这18个月也许是他整个写作生涯中最具创造力和最多产的时期。

第一部长篇小说《时间机器》（*The Time Machine*）出版，颇受赞誉。

同年出版的作品还有《与一位叔叔的对话》（*Select Conversations with an Uncle*）、《奇妙之旅》（*The Wonderful Visit*）、《杆状菌遭窃及其他事件》（*The Stolen Bacillus and Other Incidents*）。

◎ 1896年 30岁

《红屋》（*The Red Room*）、《莫洛博士岛》（*The Island of Doctor Moreau*）、《命运之轮》（*The Wheels of Chance*）出版。

◎ 1897年 31岁

《普拉特纳的故事和其他》（*The Plattner Story and Others*）、《隐

身人》(*The Invisible Man*)、《某些个人事务》(*Certain Personal Matters*)、《三十个奇怪的故事》(*Thirty Strange Stories*)出版。

◎ 1898年　32岁

《星际战争》(*The War of the Worlds*)出版。

◎ 1899年　33岁

《当睡者醒来时》(*When the Sleeper Wakes*)、《时空故事》(*Tales of Space and Time*)、《爱的对策》(*A Cure for Love*)、《荒国》(*The Vacant Country*)出版。

《当睡者醒来时》开创了科幻小说的一条重要血脉：反乌托邦小说。

◎ 1900年　34岁

《爱情与刘易舍姆先生》(*Love and Mr. Lewisham*)出版。

◎ 1901年　35岁

《预测》(*Anticipations*)、《最早登上月球的人》(*The First Men in the Moon*)、《机械和科学发展对人类生活和思想可能产生的作用》(*Anticipations of the Reaction of Mechanical and Scientific Progress upon Human Life and Thought*)出版。后者是他的第一本非虚构类畅销书。

与第二任妻子简的大儿子乔治·菲利普·威尔斯(George Philip Wells)出生。

◎ 1902年　36岁

《发现未来》（*The Discovery of the Feature*）、《海上女王》（*The Sea Lady*）发表。

◎ 1903年　37岁

经英国大文豪萧伯纳介绍，加入英国社会主义团体费边社。

与第二任妻子简的小儿子弗兰克·理查德·威尔斯（Frank Richard Wells）出生。

《十二个故事与一个梦》（*Twelve Stories and a Dream*）、《陆战铁甲》（*The Land Ironclads*）、《形成中的人》（*Mankind in the Making*）出版。

◎ 1904年　38岁

短篇小说《盲人国》（*The Country of the Blind*）发表，《神食》（*The Food of the Gods and How It Came to Earth*）出版。

◎ 1905年　39岁

《现代乌托邦》（*A Modern Utopia*）、《基普斯 ：一个简单灵魂的故事》（*Kipps: The Story of a Simple Soul*）出版。《现代乌托邦》是威尔斯的第一本乌托邦小说。

◎ 1906年　40岁

《彗星来临》（*In the Days of the Comet*）、《美国的未来》（*The Future in America*）出版。

◎ 1908年 42岁

《新世界》(*New Worlds for Old*)、《大空战》(*The Warin the Air*)、《一劳永逸的事务》(*First and Last Things*)出版。

因与费边社领导成员萧伯纳产生分歧，威尔斯退出了费边社。他的长篇小说《安·维罗妮卡》(*Ann Veronica*)和《新马基亚维利》(*The New Machiavelli*)反映的就是他在费边社时期的生活经验。

◎ 1909年 43岁

作为皇家科学院的校友，帮助建立皇家科学院协会，成为该协会的第一任主席。

女作家安珀·里夫斯（Amber Reeves）为威尔斯生下一女：安纳·简（Anna Jane）。威尔斯与安珀的父母是通过费边社结识的。当年7月，在威尔斯的安排下，安珀与大律师G. R. 布兰科·怀特结婚。安纳·简到18岁才得知自己的生父是威尔斯。在比阿特丽丝·韦伯（Beatrice Webb）对威尔斯的"肮脏阴谋"表示不满后，威尔斯在小说《新马基亚维利》中以比阿特丽丝·韦伯和她的丈夫西德尼·韦伯（Sydney Webb，两人均为费边社核心人物）为原型塑造了一对目光短浅的资产阶级操纵者"阿尔蒂奥拉和奥斯卡·贝利"。

《托诺－邦盖》(*Tono-Bungay*)、《安·维罗妮卡》(*Ann Veronica*)出版。

威尔斯创作过一系列以《托诺－邦盖》为代表的反映英国中下层社会的写实小说，但是知名度不如他所写的科幻小说。

◎ 1910年 44岁

《波利先生的故事》(*The History of Mr Polly*)出版。

◎ 1911年 45岁

《新马基亚维利》(*The new Machiavelli*)、《盲人国及其他故事》(*The Country of the Blind and Other Stories*)、《墙上的门》(*The Door in the Wall*)、《地面游戏》(*Floor Games*)出版。

◎ 1912年 46岁

《婚姻》(*Marriage*)、《伟大的国家》(*The Great State:Essays in Construction*)、《劳工骚动》(*The Labour Unrest*)出版。

◎ 1913年 47岁

《战争与共识》(*War and Common Sense*)、《自由主义及其政党》(*Liberalism and Its Party*)、《小型战争》(*Little Wars*)、《感情热烈的朋友》(*The Passionate Friends*)出版。

《小型战争》制定了微型战争游戏中的基础规则，推动了这类游戏的发展，所以威尔斯也被游戏玩家认为是“微型战争游戏之父”。但威尔斯其实是一个和平主义者。

◎ 1914年 48岁

威尔斯第一次访问沙俄。

《一个英国人看世界》(*An Englishman Looks at the World*)、《获得自由的世界》(*The World Set Free*)、《哈曼先生的妻子》(*The Wife of Sir Isaac Harman*)、《结束战争的战争》(*The War That Will End War*)出版。

比威尔斯年轻26岁的小说家和女权主义者丽贝卡·韦斯特

（Rebecca West）为他生下一子安东尼·韦斯特（Anthony West）。

◎ 1915年 49岁

《世界的和平》（*The Peace of the World*）、《恩典》（*Boon*）、《比尔比》（*Bealby*）、《辉煌的研究》（*The Research Magnificent*）出版。

◎ 1916年 50岁

《世界将要发生什么？》（*What is Coming?*）、《布特林先生看穿了它》（*Mr. Britling Sees It Through*）、《重建的要素》（*The Elements of Reconstruction*）出版。

◎ 1917年 51岁

《战争与未来》（*War and the Future*）、《上帝是看不见的王》（*God the Invisible King*）、《一个有理智的人的和平》（*A Reasonable Man's Peace*）、《一个主教的心灵》（*The Soul of a Bishop*）出版。

◎ 1918年 52岁

《约翰与彼得》（*Joan and Peter*）、《第四年》（*In the Fourth Year*）出版。

◎ 1919年 53岁

《历史是唯一的》（*History is One*）、《国联的思想》（*The Idea of a League of Nations*，与他人合著）和《通往国联之路》（*The Way to a League of Nations*，与他人合著）出版。

◎ 1920年　54岁

威尔斯第二次访问苏俄，在老友、著名作家高尔基的介绍下，受到了列宁的接见；撰写了《阴影下的俄国》(*Russia in the Shadows*)。
同年，与高尔基的情人莫拉·巴德伯格（Moura Budberg）发生了关系。莫拉和比他年长27岁的威尔斯成了情人。
第一次世界大战期间，完成了历史著作《世界史纲》(*The Outline of History*)，展现了他作为历史学家的一面。《世界史纲》开创了历史普及读物写作的新纪元，深受大众欢迎。

◎ 1921年　55岁

《救助文明》(*The Salvaging of Civilization*)、《新历史教学》(*The New Teaching of History*）出版。
威尔斯被提名诺贝尔文学奖。

◎ 1922年　56岁

《华盛顿与和平的希望》(*Washington and the Hope of Peace*)、《心脏的密所》(*The Secret Places of the Heart*)、《世界，其债务与富人》(*The World, Its Debts and the Rich Men*)、《世界简史》(*A Short History of the World*）出版。

◎ 1923年　57岁

《神一般的人》(*Men Like Gods*)、《社会主义与科学动机》(*Socialism and the Scientific Motive*）出版。

◎ 1924年 58岁

《一个伟大校长的故事》（*The Story of a Great School Master*）、《梦想》（*The Dream*）、《预言之年》（*A Year of Prophesying*）出版。

◎ 1925年 59岁

《克里斯蒂娜·阿尔贝塔的父亲》（*Christina Alberta's Father*）、《世界事务预测》（*A Forecast of the World's Affairs*）出版。

◎ 1926年 60岁

《威廉·克里索尔德的世界》（*The World of William Clissold*）、《贝洛克先生对〈世界史纲〉的反对意见》（*Mr. Belloc Objects to "The Outline of History"*）出版。

◎ 1927年 61岁

威尔斯的第二任妻子简因患癌症去世。
《遇到修正的民主》（*Democracy Under Revision*）出版。

◎ 1928年 62岁

《世界的走向》（*The Way the World is Going*）、《公开的密谋》（*The Open Conspiracy*）、《布莱茨先生在兰波岛》（*Mr.Blettsworthy on Rampole Island*）出版。

◎ 1929年 63岁

《曾是国王的国王》(*The King Who Was A King*)、《世界和平的共识》(*Common Sense of World Peace*)、《托米的冒险》(*The Adventures of Tommy*)、《帝国主义与公开的密谋》(*Imperialism and The Open Conspiracy*)出版。

◎ 1930年 64岁

《帕尔厄姆先生的独裁》(*The Autocracy of Mr.Parham*)、《生命的科学》(*The Science of Life*,与朱利安·S.赫胥黎和G. P.威尔斯合著)、《通向世界和平之路》(*The Way to World Peace*)、《令人烦恼的代表作问题》(*The Problem of the Troublesome Collaborator*)出版。

◎ 1931年 65岁

《劳动、财富与人类的幸福》(*The Work,Wealth and Happiness of Mankind*)出版。

◎ 1932年 66岁

《民主制之后》(*After Democracy*)、《布勒普的布勒普顿》(*The Bulpington of Blup*)、《现在应该做什么?》(*What Should be Done Now?*)出版。

威尔斯被第二次提名诺贝尔文学奖。

◎ 1933年 67岁

《未来世界》(*The Shape of Things to Come*)出版。

5月10日，威尔斯的著作被柏林的纳粹青年焚烧，并被禁止进入图书馆和书店。

同年，莫拉·巴德伯格离开高尔基移居伦敦，她和威尔斯的情人关系又恢复了。威尔斯一再向她求婚，但莫拉坚决拒绝。威尔斯病危时，莫拉在侧照顾。

◎ 1934年 68岁

在德国笔会拒绝接纳非雅利安作家入会后，身为国际笔会主席的威尔斯将德国笔会驱逐出国际笔会，激怒了纳粹。

威尔斯在拜访美国总统富兰克林·罗斯福之后，第三次访问苏联，代表《新政治家》杂志(*The New Statesman*)对斯大林进行了3个小时的专访。他告诉斯大林，这次他看到了“健康的人们的快乐的面孔”，与他1920年访问莫斯科时形成鲜明对比。但他也对基于阶级的歧视、国家暴力和缺乏言论自由作出了批评。斯大林很喜欢这次采访，并作了相应的回答。作为总部位于伦敦的国际笔会主席，威尔斯希望自己的苏联之行能够赢得斯大林的支持——该笔会保护作家“写作不受威胁”的权利。

《斯大林与威尔斯对话》(*Stalin-Wells Talk*)、威尔斯自传《自传实验》(*Experiment in Autobiography*)出版。

威尔斯患有糖尿病，同年成为糖尿病协会(现为英国糖尿病协会，英国最好的糖尿病慈善机构)的联合创始人。

◎ 1935年　69岁

《新美国》(*The New America*)出版。

威尔斯被第三次提名诺贝尔文学奖。

◎ 1936年　70岁

威尔斯被推举为英国科学促进会教育科学分会主席。

《挫折之解剖》(*The Anatomy of Frustration*)、《槌球运动员》(*The Croquet Player*)、《能够创造奇迹的人》(*Man Who Could Work Miracles*)出版。

◎ 1937年　71岁

《新人来自火星》(*Star Begotten*)、《布林希尔德》(*Brynhild*)、《探访康津》(*The Camford Visitation*)出版。

◎ 1938年　72岁

《兄弟》(*The Brothers*)、《世界大脑》(*World Brain*)、《关于多洛雷斯》(*Apropos of Dolores*)出版。

10月30日，哥伦比亚广播公司以实时新闻报道的形式在《空中水银剧场》(*The Mercury Theatreon the Air*)节目中播出根据《星际战争》改编的广播剧。部分听众信以为真，将广播剧误认为“火星人入侵地球”的新闻，产生恐慌。该事件成为传播学的经典案例。

◎ 1939年 73岁

《神赐的恐惧》(*The Holy Terror*)、《一位共和激进分子寻找热水的旅行》(*Travels of a Republican Radical in Search of Hot Water*)、《人类的命运》(*The Fate of Homo Sapiens*)、《新世界的顺序》(*The New World Order*)出版。

◎ 1940年 74岁

《人类的权利，或者我们为何而战？》(*The Rights of Man,Or What Are We Fighting For?*)、《黑暗森林中的孩子》(*Babes in the Darkling Wood*)、《战争与和平的共识》(*The Common Sense of Warand Peace*)、《为了阿拉法特，所有人上船》(*All Aboard for Ararat*)出版。

◎ 1941年 75岁

《新世界指南》(*Guide to the New World*)、《你不可能太过小心》(*You Can't Be Too Careful*)出版。

◎ 1942年 76岁

《人类的远景》(*The Outlook for Homo Sapiens*)、《科学与世界思想》(*Science and the World-Mind*)、《菲尼克斯》(*Phoenix*)、《没有经验的幽灵》(*A Thesis on the Quality of Illusion*)、《时间的征服》(*The Conquest of Time*)、《人的新权利》(*The New Rights of Man*)出版。

◎ 1943年 77岁

《克鲁克斯·安萨塔》(*Crux Ansata*)、《莫斯利暴行》(*The Mosley Outrage*)出版。

◎ 1944年 78岁

接近“二战”结束时，盟军发现，党卫军在“海狮行动”中编制了入侵英国后立即逮捕的人员名单，威尔斯在列。

《1942到1944年》(*'42 to'44*)出版。

◎ 1945年 79岁

《走投无路的心灵》(*Mind at the End of Its Tether*)、《幸福的转折》(*The Happy Turning*)出版。

◎ 1946年 80岁

8月13日，威尔斯在英国伦敦病逝。他在1941年版的《大空战》序言中写道，他的墓志铭应该是:“我早就告诉过你们了，你们这些该死的蠢货。”

该年，威尔斯被第四次提名诺贝尔文学奖。

译者 | 陈震

知名译者。

1976 年秋生于江苏靖江。

鲁迅文学院首届翻译家班学员。

十年来出版译作十余部，广受读者好评。

主要译作

2011　［葡］路易斯·洛伦索：《穆里尼奥传》
［英］埃里克·克莱普顿：《天堂十字路口》
［美］苏西·罗托洛：《放任自流的时光》

2012　［英］彼得·弗里斯通，［英］大卫·埃文斯：《谁愿永生》

2014　［英］西尔维·西蒙斯：《我是你的男人》
［美］尼尔·杨：《摇滚不死》

2015　［美］巴迪·盖伊，［美］大卫·瑞兹：《布鲁斯往事》
［美］迈克尔·夏邦：《犹太警察工会》
［英］皮特·汤森：《我是谁人？》

2016　［英］奥兹·奥斯本：《摇滚狂人》

2017　［美］鲍勃·迪伦：《鲍勃·迪伦诗歌集（1961—2012）》

2019　［英］马克·布莱克：《无尽之河》

2020　［英］赫伯特·乔治·威尔斯：《时间机器》《隐身人》

策　　划｜作家榜
出　　品｜

出 品 人｜吴怀尧
产品经理｜廖　珂
版式设计｜董亚茹
封面设计｜古诗铭
内文插图｜[泰] J illustrator
特约印制｜朱　毓